내
맘대로
살아볼 용기

내 맘대로 살아볼 용기

초판 1쇄 인쇄 2019년 10월 4일
초판 1쇄 발행 2019년 10월 10일

지은이 이종미

펴낸이 양은하
홍보마케팅 총괄 한상만
펴낸곳 들메나무
출판등록 2012년 5월 31일 제396-2012-0000101호
주소 (10893) 경기도 파주시 와석순환로 347, 218동 1102호
전화 031) 941-8640 **팩스** 031) 624-3727
이메일 deulmenamu@naver.com

값 15,000원 ⓒ 이종미, 2019
ISBN 979-11-86889-21-3 03810

이 도서의 국립중앙도서관 출판예정도서목록(CIP)은 서지정보유통지원시스템
홈페이지(http://seoji.nl.go.kr)와 국가자료종합목록 구축시스템(http://kolis-net.nl.go.kr)에서 이용하실 수 있습니다. (CIP제어번호 : CIP2019037707)

당연한 것들과의 결별 —— 이종미 씀

내 맘대로 살아볼 용기

들메나무

팔십 평생 기억하기 싫은 것은 많았으나 기념할 건 별로 없었던
모친 '박 여사'에게 이 책이 작은 기념이 되길 바란다.

대한민국에서 비혼 여성으로 산다는 것

내가 쓴 글에 출판사에서 붙여준 제목은 '내 맘대로 살아볼 용기'였다.

처음엔 의아했다. 이 글은 별 용기 없이 내 마음 편한 대로 살아온 자의 넋두리고, 오히려 잘못된 구조는 묻지 않고 개인의 용기만 주문하는 사회에 대한 항변 같은 내용이 더 많은데…. 나에게 '용기'란 말은 전생에서조차 아무런 연관이 없을 것 같은 단어인데….

"내가 용기 있는 사람이니?"

지인들에게 물어보니 뜻밖에도 그들은 내가 용기 있는 사람이라고 했다. 하기 싫은 것은 억지로 하지 않는 것, 남들 다 하는 것도 꼭 필요한 것이 아니면 안 사고 안 바라고 안 이루는 것, 외롭지 않으려 이리저리 몰려다니며 아무나 만나지 않는 것, 대한민국에서 학력도 직업도 경제력도 외모도 그저 그런 여자가 결혼을 안 하고, 자동차를 안 사고, 브랜드를 안 따지고, '혼자서도 잘 놀아요'를 실천하고 있는 것 자체가 '과감한' 생각이고 보통 '용기'로는 안 되는 것들이란다. 내게는 아주 쉬운 일들로 졸지에 나는 '용기 있는 여자'가 된 것이다.

남들 기준에 아득바득 나를 맞추는 대신 진정으로 내가 좋아하는 것, 온전히 나를 행복하게 해주는 것에만 집중할 뿐, 오히려 모두가 바라는 것에 용기를 내지 않는 것이 누군가에게는 용기 있는 삶이라니, 참 아이러니하다.

출산이 국가사업이 된 이 시대에 대한민국에서 결혼하지 않은 여성으로 산다는 것은 그닥 낭만적이지도, 홀가분하지도 않다. 오랜 세월 노독과 세금에 허리가 주저앉을 지경인데도 국가의 온갖 시혜에서는 늘 제외자 신세를 면치 못하는 것이 비혼자들의 삶이다.

나는 이런 국가정책의 중심에서 일찌감치 샛길로 빠져나와 혼자만의 산책을 즐겼다. 그 샛길엔 동네 산책, 간판 산책, 숲 산책, 여행·독서·영화·음악 산책이 있었다. 나만의 속도로 사람과 사람 사이를 걷는 것, 글과 침묵 사이를 걷는 것, 풍경과 사람 사이를 걷는 것, 이미지와 사람 사이를 걷는 것, 음과 침묵 사이를 걷는 것, 가깝지도 멀지도 않은 모든 '사이'의 산책… 결국 우리 눈으로 보고 듣는 모든 행위는 다 어떤 대상에 대한 '읽기'이고 그 읽기 사이로 '걷기, 산책'하는 것이다.

그동안 내가 경험한 바에 따르면 상처가 없는, 마음의 구김이나 주름이 없는 이들은 걷거나 읽지 않았다. 그들은 뛰면서 경쟁했고, 노래하면서 즐겼고, 성취하면 행복해하고 실패하면 슬퍼했다. 일비일희하는 건강한 사람들이었다. '상처란 해결되는 것이 아니라 비켜서거나 물러설 뿐이다'라고 생각하는 사람들이 걷거나 읽었다.

이 땅에서 비혼의 중년 여성으로 살아가는 것의 소회와 여러 산책길에서 만난 짧은 관찰, 풍경 속 상처, 자족 등을 이 책에 담았다. 작은 그릇인 나에 자족하고 그 그릇에 맞는 삶을 살려는 사람, 욕망을 애써 부채질하고 일구지 않아도 괜찮다고 생각하는 사람, 남들의 필수품이 나의 필수품은 아니라고 생각하는 사람, 자기 밖의 풍경과 길로 눈 돌릴 줄 아는 사람들과 어쭙잖은 이 글을 나누고 싶다.

— 나는 낙천주의자인가, 염세주의자인가?

나는 낙천적인 염세주의자다. 인생은 끝없는 투쟁이다. 우리
는 제한된 시간 속에서 의미를 만들어내야 하는 운명이지만
실제로는 아무 의미도 없고 서로를 상쇄시키는 의미로 가득
차 있다…. 행복은 오래 가지 않는다.

고통이 잠시 그친 순간일 뿐이다. 인생은 너무 비극적이어서
희극처럼 느껴진다. 하지만 이런 우스꽝스런 상황을 인정하
면 동네를 산책하는 즐거움이나 사람들의 사랑을 기쁘게 받
아안을 수 있다.

— 자신의 인생을 어떻게 보나?

우리는 울면서 이 세상에 태어났고, 울면서 이 세상을 떠날
것이다. 나는 가벼운 산책을 하고, 독서도 좀 하고, '우스꽝스
런 나 자신의 비극'을 두고 실컷 웃을 수 있기를 바랄 뿐이다.

한대수, 『물 좀 주소 목마르요』(가서원, 1998)

contents

prologue 대한민국에서 비혼 여성으로 산다는 것 006

Chapter 1
나는 당신들의 결혼이
궁금하지 않다

대한민국에서 결혼 안 하고 살 용기   016
"제발 내 인생에 관심 좀 꺼주시죠!"

'남들 다 가진 것'을 안 가질 용기   028
당신들의 필수품이 내 필수품은 아니다

내 속도대로 걸을 용기   040
누구나 자기만의 속도가 있다.
나는 나만의 속도로 걷는다

나만의 온전한 공간을 요구할 용기   048
40대에 다시 읽는 『죄와 벌』

당신들은 이동하지만, 상처받은 사람은 걷는다   062
걸을 때 비로소 보이는 풍경들

'밑줄 긋는 여자'가 IMF를 만났을 때   070
간판 이름대로 됩니다

Chapter 2
누구의 간섭도 없이
내 맘대로 살아볼 용기

혼술을 기꺼이 즐길 용기   088
술 한 잔과 글 한 줄,
방구석 주독(酒讀)의 즐거움

낯선 세상을 혼자 여행할 용기   098
지금 못 떠나는 자 모두 유죄!

꿈 없이도 잘 살 용기   114
모두가 달릴 때 나는 걷는다

소수자로 살 용기   126
단절과 소외를 기꺼이 받아들이고
남들과 다르게 살 수 있는가?

욕망에 침식당하지 않을 용기   140
기원(祈願)의 시작은 사람과 사람,
그 '사이'를 이해하는 것

광석 아재가 벽 속에서 웃고 있네   154
봄 만개한 광석 아재 벽화 앞에 앉아
맥주 한 잔 기울이면 이보다 더 좋을 순 없으리

Chapter 3
모든 용기의 밑천은 팩트,
나는 나만의 속도로 걷는다

세상의 차별에 당당히 맞설 용기   174
반대말조차 없는, 쓸쓸한 말들

타인의 불행에 눈 감지 않을 용기   184
음악으로 배운 사회사-정태춘

독박 돌봄을 거부할 용기   200
'선택할 수 없는 간병'은 강제노동이다

국가에 분노할 수 있는 용기   216
왜곡된 성차별적 인식과 정책을 고발한다!

"저기 구경하고 가라. 통영 좋지?"   230
동쪽 벼랑 끝 그들에게도 역전 한 번은 있어라!

뒷모습이 말하는 것들   246
상처는 보이지 않는 곳에 있다.
발뒤꿈치 같은 곳…

'남들 다 가진 것'에
집착하지 않아야
나다운 행복을 찾을 수 있다.

* 본문에 별도 사진 출처 표시가 없는 것은 모두 저자의 사진입니다.

Chapter 1

나는 당신들의 결혼이
궁금하지 않다

대한민국에서 결혼 안 하고 살 용기

"제발 내 인생에 관심 좀 꺼주시죠!"

나이, 결혼, 학번을 묻지 않는 건 인간에 대한 예의

"나이, 결혼, 학번을 묻지 않는다. 그걸 묻고 나면 그다음 단계가 "날도 좋은데 데이트하러 가야지?" 같은 말들로 이어진다. 그런 걸 묻지 않으면 대화가 넓어진다. 처음엔 갑갑하지만 좀 지나면 진짜 할 이야기만 하게 되고, 그 사람과 얘기하기 위해 그 사람을 잘 관찰한 다음에 하게 되고, 함부로 하지 않게 되고, 말도 줄일 수 있게 된다."

영화배우 권해효가 한 말이다. 나는 이 말 때문에 그를 다시 보게 됐다. 어느 매체와 인터뷰 도중 '성차별을 하지 않기 위한 대화법'이라는 주제로 말한 내용인데, 그와 비슷한 연배의 남자들에게선 듣기 힘든 발언이라 오래 기억에 남았다. 이런 말은 인터뷰용으로 따로 준비할 수 있는 내용이 아니다. 그가 평소 사람에 대한 관찰과 공부를 세심히 해왔음을 짐작하게 한다.

'나이, 결혼, 학번'을 묻지 않는 건 단지 성차별 방지를 위한 남자의 자세만은 아니다. 어쩌면 '인간에 대한 예의'일 수 있다. 그 세 질문은 철저히 '계급'에 관한 것이다. '너의 계급은 뭐냐?'고 묻고 있다.

대한민국에서 '정상'적인 계급으로 인정받는 사회 구성원은 대학을 졸업한 남녀가 출산 능력이 왕성한 나이에 결혼해 아들, 딸을 낳고 사는 '3, 4인 가족' 모델이다. 그것은 각자 개인의 인생관과 처지에 따른 결정이 아니라 오래된 관습과 사회 구성원의 노동력이 수입과 재화의 원천인 국가 경영의 필요에 따라 세뇌시킨 가치다.

나는 당신들의 결혼이 궁금하지 않다

1970년대에 태어나 1세대 비혼 여성에 속할 나는, 여러 번의 이직과 전업을 거쳤다. 그런데 면접을 볼 때마다 이력서에 명시된 경력이나 업무 배경보다 '결혼과 출산' 유무에 관한 질문을 먼저 받는 경우가 더 많았다. 30대에는 "결혼했어요?"라는 질문이 40대에 접어들자 "아이는 몇 명이에요? 애들은 다 컸겠네요?"로 바뀌었다. "애는 없습니다"라고 짧게 대답하면 "아직 (설마!) 결혼 안 하신 거예요?"라며 놀란 얼굴로 다시 묻고 "이거 실례했군요. 결혼도 안 한 분에게 애가 있냐고 했으니…"라며 미안한 척한다.

그럴 때면 나는 속으로만 이렇게 답했다. 아주 딱딱하게. '이보세요! 업무와 무관한 결혼이나 자녀에 대한 질문 자체가 이미

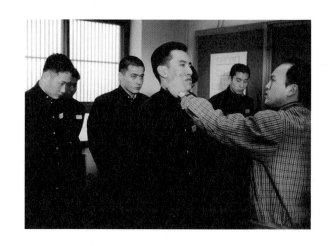

영화 「친구」(곽경택 감독, 2001)의 한 장면.

이 영화를 못 본 사람은 있어도

이 대사를 모르는 이는 없을 것이다.

"너거 아버지 뭐 하시노?"

실례입니다. 그리고 말입니다. 나는 면접을 보는 당신의 결혼이나 자녀 수가 하나도 궁금하지 않은데 당신들은 그게 왜 궁금한지 모르겠군요.'

물론 이런 말은 절대 입 밖으로 꺼내지 않는다. 나는 일자리를 구하러 간 것이지 상대를 교육하려고 간 것이 아니기 때문이다. 밥통 때문에 턱 아래까지 기어나오는 말을 삼키다 보면 전날 먹은 밥알이 다 올라오는 것 같았다. 그런 내가 싫었다.

내가 경험한 바와 친구, 지인들의 경험까지 합하여 나름 통계적 분석을 진행해본 적이 있다. 분석의 결과 대부분의 사람들은 상대에 관한 첫 질문에서 취향, 감성, 자질에 관한 관심보다는 그가 속한 배경을 먼저 물었다.

내 경우만 하더라도 10대와 20대 때는 학교 선생님들뿐 아니라 첫 면접 자리에서까지 "너거 아버지 뭐 하시노?" 같은 질문을 받았다. 30대 때는 결혼은 했나, 안 했다면 왜 안 했느냐는 질문을, 40대에 들어서면서는 일단 결혼은 했을 것이라는 자체 판단하에 애는 몇 명이냐는 질문을 많이 받았다. 다시 생각해보면 이러한 질문의 의도는 '이 여성에게 법적 남자 사람이 있는가'의 여부였다. 고용주나 갑 혹은 상사가 될 사람들만 그런 질문을 하는 것은 아니었다. 처음 얼굴을 맞댄 동료, 고객, 지인의 지인들도 크게 다르지 않았다. 어쩌면 그런 질문을 하지 않는 게 오히려 상대에 내린 무관심으로 생각하는 것 같았다.

마흔을 넘기면서부터 나는 판에 박힌 훈시와 걱정의 소리가 더는 듣기 싫어, 남편은 직장 관계로 따로 떨어져 살고 있고 아이는 안 생겨서 없다고 적당히 둘러대기도 했다.

두 번이나 결혼을 하고도 매번 남편이 마음에 들지 않는지 불륜의 애인을 만들었던 직장 언니가 있었다. 별로 친하게 지내지도 않았던 그녀가 하루는 직원들로 북적이는 휴게실에서 나에게 황당한 훈시를 했다.

"애, 남 하는 건 다 해봐야지. 너 그러다 나중에 맘 변해서 결혼하면 애 안 생긴다. 생겨도 기형아 생길 확률이 높아."

이게 무슨 황당한 소리인가? 나는 이참에 이 무례한 간섭의 싹을 잘라야겠다고 생각했다.

"언니! 내가 언제 언니한테 내 결혼과 임신 문제 상담합디까? 나는 애 낳을 생각 없으니까 쓸데없는 걱정하지 말고 낳아놓은 언니 애들이나 잘 키우세요."

내가 너무 정색하고 대거리를 해서인지 그 이후로 내 앞에선 더 이상 결혼과 출산에 대한 잔소리가 사라졌다. 물론 내가 없는 자리에서는 "저리 까칠하니 시집을 못 갔지"라는 말은 하는 것으로 전해 들었다. 내가 안 보는 데서 하는 뒷담화까지 신경

쓸 일은 아니라 그 후로 스트레스 지수는 좀 줄었다.

나는 모성은 타고난다는 말에 회의적이다. 남의 자식을 제 뱃속에서 나온 아이보다 더 잘 보살피고 키우는 사람도 있고, 생물학적 의미 말고는 남보다 못한 부모도 많다. 책임의식 없고 준비 안 된 상태에서 제 자신도 책임 못 지는 연약한 사람들이 가정을 만드는 데서 생명의 탄생이 아니라 비극이 탄생하기도 한다.

왜 나에게 결혼하지 않느냐고 묻는 사람들이 많지만 나는 그들에게 왜 당신은 결혼을 했느냐고 묻지 않는다. 그들의 결혼 생활이 별로 궁금하지 않기 때문이다. 비교하고 우열을 논할 생각도 없다. 결혼을 하든 안 하든 각자 자기가 감당할 몫이 있을 뿐, 각자의 선택을 존중하고 내가 선택하지 않은 다른 삶에 대해 왈가왈부하지 않는 게 서로가 같이 잘 살 수 있는 가장 좋은 방법이라고 생각한다.

비혼족, 더는 소수자가 아니다

결혼 정보업체 듀오는 2017년도부터 매출과 영업이익이 나란히 큰 폭으로 역신장했는데, 2017년 감소한 매출액이 2015년 메르스 사태 때보다 더 컸다고 한다. 듀오는 그 이유로 동종

업체 간 과당경쟁이라는 요인 외에 불안한 경제와 결혼이 필수가 아닌 선택이라는 인식 변화를 큰 영향으로 꼽았다.

2017년 통계 조사에서도 결혼 적령기 인구 1000명당 5명만 결혼하는, 역대 최저의 혼인율을 보였다고 한다. 통계청, 육아기관 등의 공공기관이 조사한 자료에 따르면 현재 30, 40대 비혼족이 고령화되는 2026년쯤에는 비혼, 미혼을 포함한 1인 가구가 전국 모든 시도에서 가장 주된 가구 형태가 될 것이라는 전망을 내놓았다.

이혼이나 배우자의 사별까지 합친 싱글족이 총인구의 절반을 차지할 것으로 예측한 곳도 있는데, 이는 두 사람 가운데 한 명은 혼자 산다는 말이다. 현재의 30, 40대는 비혼·미혼으로, 50대는 이혼이나 사별 등을 이유로 혼자 사는 이유가 다양화해지는 양상도 눈에 띈다.

전 연령대에서 30, 40대가 이혼, 사별이 아닌 애초 비혼 증가율이 높다는 통계는 나의 과거와 현재를 반영한다는 점에서 한 번 더 눈길이 갔다. 30, 40대는 아직 취직을 못한 20대와 벌써 사회에서 밀려나기 시작한 50대 사이에서 상대적으로 경제력이 있는 편이다. 그렇더라도 소수의 고수입 직군을 빼면 고만고만한 중소기업 근로자, 불안한 비정규직, 영세한 자영업자들이 많을 것이다.

그들은 학생인 동생 혹은 미취업 형제의 뒷바라지를 한다거나 병든 부모의 치료비와 수발을 '혼잣몸'이라는 이유로 감당하고 있을지도 모른다. 그들의 박봉에서 나온 세금은 아동복지기금에서부터 청년수당, 신혼부부 주택 지원금, 노령연금 등 각종 사회복지기금으로 운용될 것이다.

요람에서 무덤까지의 복지제도에 그들의 세금이 요긴하게 쓰이지만 정작 당사자들은 별 혜택을 받지 못한다. 아주 젊지도, 아주 늙지도 않은 어중간한 세대라는 불가항력의 이유로 저리의 주택담보 대출도 못 받고 세금 공제 대상에서도 제외된다. 낀 세대로 전 연령대의 사회보장에 투자되는 각종 세금은 내면서도 현실적 혜택은 못 받는 것에 대한 박탈감, 반발심이 생길 수밖에 없다.

나 역시 월급 생활자일 때도 그렇고 자영업자일 때도 그렇고, '미혼여성'이라는 이유로 공제를 받거나 지원을 받을 수 있는 것은 거의 없었다. 나보다 두세 배는 더 버는(부부가 합산하면 네다섯 배 되는) 기혼의 여자, 남자 선배, 후배들은 부녀자 공제, 자녀 공제 등의 이름으로 내 한 달 수입에 해당하는 금액을 공제받기도 했고, 은행 대출과 정부의 주택지원 정책에서도 항상 저금리의

1순위 대상이었다. 나는 급여자들의 연말정산 달인 12월이나 자영업자들의 연말정산 달인 5월이면 억하심정이 들어 어디 가서 없는 남편과 애들을 가족관계등록부에 박고 싶은 심정이 되곤 했다.

세금 우대 정책과 맞바꾼 비혼
-모든 사회보장제도는 '가구, 가족'이 아닌 '개인' 중심으로 바뀌어야 한다

비혼, 1인 가구가 폭발적으로 증가함에 따라 기업이 1인용 소량 식품, 가전제품 등을 발 빠르게 내놓는 것과 달리 정부의 현실 인식이나 대처는 아직 '다인 가족' 우선에 머물러 있다.

1인용 밥솥(출처/쿠팡)

앞으로는 이혼, 사별 등으로 1인 가구가 되는 돌싱이나 홀몸 노인 같은 후발 싱글족도 점점 늘어날 것이다. 경제적·심리적 고통을 견디지 못한 개인(들)의 자살, 독거사, 방치와 버림도 늘어날 것이고, 이는 사회적 비극으로 확대될 수밖에 없다. 그러니 육아, 주택, 노인 돌봄 등 이제 모든 사회보장제도는 '가구, 가족 중심'이 아닌 '개인' 중심으로 바뀌어야 한다.

물, 전기 등의 자원 부족, 환경오염, 노령 인구의 증가로 인한 복지기금 증가 등을 생각하면 오히려 줄어드는 인구가 이 지구와 인간들에게 유익한 일로도 보인다. 언제는 '하나만 낳아 잘 기르자'고 하더니 지금은 '많이 낳는 게 애국'이라고 한다. 국가의 인구 정책이 생명 탄생에 관한 존엄보다는 국가에서 필요로 하는 노동력과 세수의 증감에 따라 변하는 것 같다.

'결혼해라', '애를 낳아라' 하고 정부가 개인의 사생활을 간섭하고 제도로 차별, 강제하는 것보다는 각 개인이 행복할 수 있는 제도, 사회를 만들면 자연스럽게 가족이나 공동체에 대한 관심도 늘어날 것이다. 저출산으로 인해 젊은 노동력과 그들이 내야 할 각종 세금이 줄어들어 걱정이라면 출산을 꼭 '법적 혼인' 관계로만 한정하지 않으면 된다. 경제적 이유, 신념에 따라 동거 중 출산한 부부, 법적 혼인 전 이별한 미혼모(父) 등의 '한부모 가정' 자녀도 박탈감 없이 살 수 있는 제도를 만들면 된다. 이민자 가족도 많지 않은가. 인구 문제를 해결하기 위해 한 생명을 만들 일은 아니다. 자기 철학이나 경제적 이유로 비혼을 선택한 사람을 '결혼을 하지 않은 혼잣몸'이라는 이유로 정책에서 소외시키고 차별해서는 안 된다.

내 맘대로
살아 볼
용기

"난세란 게 뭐냐. 난세란 약자의 지옥이다. 난세엔 여러 종류의 약자가 존재한다. 언제나 빠지지 않는 약자는 아이와 여자다."

SBS TV 「육룡이 나르샤」의 명대사 중 하나다. 과거의 역사를 지금 시점에서 호출해 신구(新舊) 세대를 논쟁시키는 대사가 많아 흥미로운 사극이었다. 드라마가 끝난 지 한참 됐는데도 오래 기억에 남는 장면 중 하나다.

과학과 기술은 1년이 다르게 4차 산업혁명 시대로 달려가고 있는데 가족제도 중심의 인식과 제도는 산업화 시대에서 크게 진전되지 않고 있다. 그중에서 젊지도 늙지도 않은 나와 같은 중년 비혼자는 사회나 정부 정책에서 소외, 방치되다가 가난한 독거노인으로 늙어갈 가능성이 매우 높아 보인다. 내 세대는 이미 늦었지만, 바로 이후 세대의 삶은 좀 달라져야 하지 않겠나?

■ 비혼을 이야기한 책

우에노 치즈코, 『비혼입니다만, 그게 어쨌다고요?!』(동녘, 2017)

"여성이 결혼하지 않아도 살 수 있는 사회, 이혼을 자유롭게 선택할 수 있는 사회가 그렇지 않은 사회보다 훨씬 더 살기 편한 사회라 할 수 있습니다."(90쪽)

'남들 다 가진 것'을 안 가질 용기

당신들의 필수품이 내 필수품은 아니다

내 맘대로
살 아 볼
용 기

'남들 다 가진 것'에서 자유로워야
나다운 행복을 찾을 수 있다

'필수품'의 사전적 의미는 '일상생활에 없어서는 안 되는 반드시 필요한 물건'이다. 그런데 이 설명에는 '내게'라는 주어가 없다. 사전이 주어를 생략한 탓인가? 대부분의 사람들이 내게 필요한 것이 아닌, '남들이 다 가진 것'을 나의 필수품으로 착각한다. 별 의심 없이 다른 사람들의 필수품을 나의 필수품으로 인식해버린다.

다행히도 나는 어린 시절의 가난에서 배운 절약 습성과 나름의 소신으로 인해 다른 사람들의 필수품을 내 필수품으로 착각하지 않는다. 열 명 중 아홉 명이 필수품으로 구비한 것들도 있으면 편하고 좋은 정도다. 지금껏 크게 부자로 살아본 적이 없음에도 소유에 대한 집착이 별로 없다. 없어서 불편한 마음보다 '남들처럼'이란 마음이 나를 더 피곤하게 한다. 그래서 자동차나 최신의 핸드폰, 큰 집, 결혼 같은 것도 보장재나 사치품 정도로만 치부하고 필수품으로 욕망하지는 않는다.

그래서였으리라, 등기부등본에 내 이름 하나 적어 넣고자 은행 빚으로 '짐'이 되는 집이 마땅찮았다. 자가용과 에어컨 없이는 잠시도 못 살면서 지구온난화니 환경보호니 떠드는 게 모순

같았다. 선풍기를 틀고, 버스를 타며 담담히 사는 내가 오히려 친환경적 삶을 사는 건 아닌가 싶었다.

집은 반평생 이상 셋방을 전전하며 살아온 엄마 때문에도 동생과 함께 마련했지만, 아직 은행과 공동 소유다. 에어컨은 '대프리카'(대구+아프리카)에서 노인 환자인 엄마와 사람 나이로 따지면 엄마보다 더 늙은 개가 선풍기로만 지내는 것을 보다 못한 동생이 말없이 실어 보냈다. 한낮 기온이 30℃를 넘을 때만 감질날 정도로 켠다. 바람이 '시-이-원'하게 나올 때마다 그 바람보다 더 서늘하게 돈 나가는 소리를 듣는 내가 좀 부끄러울 때도 있다.

핸드폰 역시 오래도록 폴더폰을 썼는데 회사, 친구들이 내게만 '문자'를 '따로' 보내야 한다는 원성과 불편함을 끝까지 외면하지 못해 뒤늦게 샀다.

소확행
-나만의 공간에서, 혼자서도 잘 노는 것

이런 연유로 유행에 민감하지는 않아도 둔감한 건 아니라고 생각했는데, 인터넷상에서 유행한다는 생소한 용어들을 대할 땐 '둔감'한 게 맞구나 싶다. 최근 누군가와 이메일을 주고받다 '소확행'이란 단어가 나왔다. 소확행? 무슨 행성 이름인가? 대화 내용상 그런 용도는 아닌 듯했지만, 모르는 걸 쉽게 잘 못 묻는 소심함에다 "그게 무슨 뜻이에요?"라고 편하게 물을 사이도 아니라 검색을 해봤다.

무라카미 하루키가 자신의 글에서 처음 쓴 말로 '작지만 확실한 행복'의 줄임말이란다. 부연 설명에는 '주택 구입, 취업, 결혼 등 크지만 성취가 불확실한 행복을 좇기보다는, 일상의 작지만 성취하기 쉬운 소소한 행복을 추구하는 삶의 경향, 또는 그러한 행복을 말한다'라고 되어 있었다. 집, 일, 결혼이 '성취가 불확실한' 행복이라는 말에는 동의하지만 '큰 행복'이란 말에는 반신반의다.

연관된 여러 단어나 의미들이 많았으나, 요약해보면 지금 '내가 사는' 모습이었다. 자기만의 공간을 발견해서 혼자서도 잘 놀며 자족하는 소소한 행복. 내 생활을 소확행으로 말하면 이런 것이다. 명품 가방, 보석 따위에 행복을 느끼는 대신 동네 산과 공원에서 여여하게 놀기, 먼 친구네 놀러 가서 친구가 일하러 간 동안 남의 동네 어슬렁거리며 구경하기, 극장이나 카페에서도 혼자 잘 놀기 등이다. 쉽게 말해 남의 눈을 의식하지 않고 나

내 소확행 중의 하나.

산책하면서 키 작은 꽃 감상하기.

(출처/픽사베이)

내 맘대로
살 아 볼
용   기

만의 공간을 찾아 '혼자서도 잘 놀아요'다.

나를 가장 흐뭇하게 한 설명은 '2018년 대한민국의 소비 트렌드'라는 문구였다. 늘 주위에서 '시대를 거스르는 삶, 비주류적 인생관'이라는 지청구를 듣고 살았는데 이제 비로소 시대의 주류(主流)로 인정받은 셈이다. 더군다나 일부러 시류를 좇은 것도 아니고 원래부터 그리 살아왔을 뿐인데 올해의 주류 트렌드라니. 그러고 보니 내가 시대를 앞서 살아온 셈이다.

살다 보니 내 취향이 '주류'가 되는 날도 다 있구나. 주류에 진입한 걸 자축하며 주류(酒類), 그중에서도 혼술의 소확행을 잠시 읊어보겠다.

맥주 한 캔으로 즐기는 나만의 소소한 행복

밥은 삶이 배고프고 바쁘다는 것을 확인시키고, 차는 삶의 곤궁함을 차분하고 느슨하게 하고, 술은 삶의 노곤함을 술술 풀어 놓게 한다. 밥은 위를 치고 넘어가지만 차는 가슴을 따뜻하게 하고 술은 마음을 풀어놓게 한다. 그리하여 밥은 안면부지의 사람과도 합석해서 말없이 먹을 수 있지만 차는 그렇게 마시기 힘들고 술은 이성을 흐리게 하는 음식이라 마시다 친해질 수도

테이블 하나를 다 차지하고 엎드려 쉬는 곰돌이. 동네 커피숍의 명물이다.

있다.

혼자 뭐든 대충 다 잘 즐기는 내가 안 하는 것이 혼자 술집 가기다. 혼자 밥 먹는 것도 이상하게 보는 사회에서 혼자 술을 마시는 여자에겐 뭔가 큰 사연이 있거나 자작 '미투' 제공자로 오해받기 십상이기에. 밥은 사연 없고 외롭지 않아도 꼬박꼬박 먹으면서 술은 꼭 무슨 일이 있거나 외로워야만 마시는 건가?

소확행의 행복은 강도가 아니라 빈도다. 한두 번 팍- 하고 터졌다가 금세 사라지는 강렬한 기쁨이 아니라 자주 반복해도 여전히 만족스러운 빈도에 있는 것이다. 자작을 즐기는 맥주 한두 잔은 그런 빈도의 행복으로, 특히 낮에 마시는 맥주는 내 소확행 중 하나다.

평소 대형 마트행을 즐기진 않지만, 동네 슈퍼보다 맥주 종류도 많고 저렴하기에 할 수 없이 한 번씩 가게 된다. 같은 종류를 번들(bundle)로 사는 건 재미도 맛도 없어, 각기 다른 종류로 하나씩 담는다. 집까지는 두 정거장 정도 떨어져 있어 가방이나 쇼핑 봉투에 담아서 들고 오기 힘들지 않을 정도로만 산다.

어떤 날은 맥주가 담긴 쇼핑 봉투를 들고 인근 커피숍에 가서 라테 한 잔 시켜놓고 한 시간쯤 책을 읽기도 한다. 맥주를 담은 쇼핑 봉투를 옆에 놓고 분위기 좋은 조명 아래서 책을 읽으며 커피를 마실 때 행복감은 두 배가 된다.

일하는 날의 수많은 점심시간 중 한 번쯤은 구내식당과 직장 동료 곁을 떠나 혼자 조용히 식사를 하고 싶은 날도 있다. 그런 날은 "약속이 있다"는 선의의 거짓말을 한 뒤 샌드위치나 삼각 김밥 같은 간단한 요깃거리와 맥주 한 캔 사서 주변 공원이나 강가로 나간다. A공원과 B공원에 오는 사람들의 행색과 연령대가 다른 점은 인근 아파트의 경제 수준과 상관관계가 크다는 것도 발견하고, 왜 할배들은 많이 보이는데 할매들은 없는가 하는 것 따위를 자문자답하기도 한다. 거기에는 '줄'을 서야만 밥 한 끼 먹을 수 있는 구내식당의 고역스러움도 없고, 밥을 먹으면서까지 회사나 고객 욕으로 밥벌이의 비루함을 보상받는 시간에서는 느낄 수 없는 느긋함이 가득하다.

일 없는 날 친구도 애인도 없이 오후 서너 시쯤 마시는 '혼맥'도 소소한 행복이다. 늦잠 자다 일어나 마시는 맥주가 무슨 맛이 있겠나? 10시쯤 일어나 커피 한 잔 마시고 집 앞산을 천천히 오른다. 한 시간 남짓 오르고 간단히 맨손체조 하고 또 한 시간쯤 멍 때리다 모두가 다 떠나고 난 자리를 느긋이 즐긴다.

내려오면 노독과 산책의 노곤함이 밀려든다. 그때 우루사나 박카스 대신 맥주 한두 캔 마셔보라. 위에서 누르고 아래서 잡

아당기던 피로 적군들이 500ml 맥주 한두 캔에 슬며시 사라진다. 355ml는 양이 너무 적고 500ml가 딱 좋다. 이때 음악은 치킨보다 더 좋은 안주다. 기분 좋은 노곤함이 몸을 느슨하게 할 때 뜨거운 물에 몸을 담그면 또 다가오는 한 주를 버티는 작은 힘이 되어준다!

 소유와 필수품에 관한 좋은 글이 나오는 책

게오르그 짐멜, 『문화이론』(도서출판 길, 2007)

데이비드 소로, 『월든』(은행나무, 2011)

법정, 『무소유』(범우사, 2004)

알렉산더 폰 쇤부르크, 『폰 쇤부르크 씨의 우아하게 가난해지는 법』(필로소픽, 2013)

소확행의 행복은 강도가 아니라 빈도다.

한두 번 팍- 하고 터졌다가 금세 사라지는

강렬한 기쁨이 아니라

자주 반복해도 여전히 만족스러운

빈도에 있는 것이다.

명품 가방, 보석 따위보다

나를 행복하게 하는 건

동네 뒷산과 공원에서 여여하게 놀기,

어슬렁거리며 동네 구경하기,

길가의 이름 없는 꽃들에 눈길 주기 같은,

나만의 눈으로 새로운 세상과 만나는 시간이다.

나는 당신들의
결 혼 이
궁금하지 않다

내 속도대로 걸을 용기

누구나 자기만의 속도가 있다

나는 나만의 속도로 걷는다

내 맘대로
살아 볼
용 기

올라갈 때는 허리를 좀 숙일 것

내려올 때는 덜 비굴해질 것

지치기 전에 미리 쉴 것

어떻게 가느냐보다 도착하는 것이 중요하다고 믿게 될까 봐 두렵다. 내가 걷기를 좋아하는 것은 느리기 때문이다. 마음도 두 발과 비슷한 속도가 아닐까 하는 것이 내 생각이다.*

리베카 솔닛의 『걷기의 인문학』에 나오는 문장이다. 나는 산을 오를 때 정상에 '먼저, 꼭', '도착하겠다'라는 결심과 작정으로 오른 적이 별로 없다. 등산하는 사람들은 산을 오르는 재미와 정상을 정복하는 데 의미를 두지만, 산 아래서도 어떤 정상 정복을 욕망하지 않던 내가 산이라고 달라질까? 그저 걷고 오르다 보면 어느 날은 정상일 때도 있고 어느 날은 산언저리나 중턱에 머물기도 한다. 그날그날 몸과 마음 따라 넋 놓고 한 시간이고 두 시간이고 앉아 있다 내려온다. 멍 때리기 좋은 장소 중 하나로 숲과 산을 찾는 것이다.

자주 가는 집 앞산에는 소나무가 많다. 어느 날에는 산 중턱

* 리베카 솔닛, 『걷기의 인문학』(반비, 2017)

에 있는 소나무 한 그루에 누가 둥근 시계를 달아놓았다. 긴 소나무 몸통의 중간쯤에 달린 시계는 거인 걸리버의 손목시계를 세로로 전시해놓은 설치물 같았다. 느려도 괜찮다는 숲의 위로가 좋아서 찾아왔는데 세속의 시간을 산에까지 옮겨놓은 사람들의 그 '바쁨'이 가엾다. 지리산 깊고 외진 산골의 오래된 어느 절 기와에서도 전자시계가 별보다 더 '반짝'거렸지.

넘어뜨리지 않으면 넘어지는 경쟁 사회가 넌더리 난다는 인간들은 놀 때도 점수를 매기며 논다. 노래며 운동이며 죄다 너는 몇 점, 나는 몇 점 하며 경쟁하고 산에 와서도 나는 몇 시간, 너는 몇 시간 하면서 속도전이다. 그렇게들 빨리빨리 해치우고 싶어 난리면서 죽는 것만 남보다 더 늦으려고 몸에 좋다는 온갖 것을 경쟁적으로 먹고 마셔댄다. 너무 오래 살아서 지구도 사람도 탈나는 줄 '알면서 모른 체'한다.

산 아래 조급증을 산속까지 들고 오는 풍경에 눈길 한 번 안 주고 쫓아가다 보면 산을 오르는 즐거움은 사라지고 몸만 힘들다. 산이고 삶이고 다른 사람의 속도보다는 제 호흡과 페이스를 잘 조절해야 한다는 것을 다시 깨닫는다.

"느려도 괜찮아"

─숲에서 위로받는 시간

집 앞산은 주로 혼자 다니는데 한때 자주 산을 올랐던 동생과 같이 간 날이 있었다. 유난히 가쁜 숨을 내쉬는 나를 지켜보다 자세를 지적했다.

"와 그래 헉헉대노? 곧 운명(殞命)하겠다."

"하하하, 글쎄 말이다. 다들 홍길동 평지 걷듯 사뿐사뿐 가벼운데 내만 몇 발자국 걷고 심장이 터질 것 같다. 누가 보면 에베레스트산에 가는 줄 알기야. 민망타."

"힘들면 천천히 가. 뭐 그리 급하노? 누가 쫓아오나?"

"뒤에서 사람들이 치고 올라오니까 내가 앞에서 걸리적거리며 방해되나 싶어서…."

"다른 사람 신경 쓰지 말고 네 페이스대로 가라. 저 사람들은 산을 자주 오는 사람들이고 넌 생전 운동이라곤 안 하다가 어쩌다 한 번씩 오는 건데 같을 수가 없지. 몸에 힘도 좀 빼라. 보는 내가 다 힘들다!"

"숨은 목까지 차올라 넘어갈 것 같고 몸은 천근만근으로 마음 같지 않으니까, 기운 낸다고 용쓰다 보니 나도 모르게 자꾸 온몸에 힘이 들어가네."

"숨넘어가서 쉬지 말고 지치기 전에 미리 잠깐씩 쉬어. 그래야 덜 지치고 덜 힘들지. 올라갈 때는 숨을 고르며 상체를 앞으로 살짝 숙이는 느낌으로, 내려올 때는 체중이 앞으로 더 쏠리기 때문에 보폭을 좁혀 오를 때보다 더 천천히 조심해서. 힘은 다 쓰지 말고 자기 힘의 반 좀 안 되게 쓰는 게 좋아. 오를 때는 한 40%, 내릴 때는 30% 정도로. 남의 속도보다는 자기 힘과 속도 조절을 잘해야 해."

"사는 거랑 같구먼. 산 아래서도 지 속도와 능력 무시하고 남의 삶 따라 앞서가는 놈 무작정 쫓아가면 가랑이 찢어지잖아. 그렇게 몇 계단 겨우 올라가도 발 한 번 잘못 내디디면 밑으로 떨어지는 건 순식간이고. 올라갈 때는 목에 힘 들어가 뻣뻣하다가 내려올 땐 자꾸 고개가 숙어지고 비굴해지고."

"아이고 산에 몇 번 오면 도사 되겠네. 매사 대충 보는 게 없냐?"

"하하하."

등산의 바른 자세와 '호흡 조절', '허리 굽힘'은 산에서보다 삶에서 더 필요한 자세 같다. 올라갈 때는 허리를 조금 숙이고, 내려올 때는 덜 비굴해질 것. 지치기 전에 미리 쉴 것. 산에서도, 삶에서도 되새겨야 할 자세다.

필명을 '쩔레신'으로 쓰는 어느 철학자의 홈페이지에 등산과 관련한 내용은 아니지만 오르고 내릴 때의 처세에 관한 자세를 한 문장으로 요약해주는 글이 있다.

"인생의 요령은 겸허함일 수밖에 없다. 밝을 때는 과시하지 말아야 하고 어두울 때는 억울해하지 말아야 한다."

글은 글자들 속을 걷는 산책이고 숲은 사람들 밖을 잠시 걷는 산책이다. 글과 숲은 술자리에서 힘든 사람 옆에 조용히 앉아 있는 과묵하지만 배려 깊은 친구들이다. 글과 산책은 글 속으로, 숲속으로 '들어간다'는 공통점이 있고 다시 세상 속으로 '나와야' 한다는 공통점도 있다. 가끔 누구처럼 '걷다가 사라져버려라'는 주문을 외며 나오기 전의 그 세상에서, '호올로' 작은 행복에 젖는다.

내 맘대로
살 아 볼
용   기

올라갈 때는 허리를 조금 숙이고,
내려올 때는 덜 비굴해질 것.
지치기 전에 미리 쉴 것.
산에서도, 삶에서도 되새겨야 할 자세다.

나만의 온전한 공간을 요구할 용기

내 맘대로
살아볼
용   기

로자의 방

세월이 흘러 옛날에 읽은 책을 다시 읽다 보면 당시의 감상과 지금의 감상이 다르기도 하고 같은 상황, 묘사도 시대의 변화에 따라 다르게 해석되기도 한다. 누구나 내용은 알지만 정작 읽어 본(봤) 사람은 별로 없다는 그 유명한 책, 도스토옙스키의 『죄와 벌』을 다시 읽다가 이전과 다른 흥미로운 지점을 발견한 것도 같은 맥락이었다. 『죄와 벌』을 처음 읽었던 10대의 나는 간과했으나 40대가 된 나에게 다른 각도로 읽히는 지점이 있었다.

『죄와 벌』의 주인공 로자가 지방의 흙수저 출신으로 수도권의 명문대학에 다닐 수 있는 것은 모두 고향에 있는 홀어머니와 여동생의 희생과 헌신 때문이다. 가난한 집일수록 장남을 집안 부흥의 유일한 존재로 여기고, 그의 성공을 위해 집안의 여자들이 몸 바쳐, 돈 바쳐 헌신하는 것은 동서고금을 막론한 공통된 정서인가 보다. 연금으로 근근이 생활하는 어머니는 몇 푼 되지 않은 돈을 쪼개 아들에게 보내고, 여동생은 입주 가정교사로 일하며 받은 월급을 오빠에게 보낸다. 기초생활 수급자로 근근이 생활하는 노인이 노령연금으로 받은 돈을 쪼개 외지의 아들에게 보내고, 비정규직 여동생이 쥐꼬리만큼 받는 월급을 쪼개 오빠한테 보내는 상황이다.

여동생은 일하던 집의 학생 아버지에게 성추행을 당한다. 요샛말로 하면 갑의 '위계'에 의한 성폭행이다. 두 여자의 희생에도 불구하고 주인공은 고향의 가족보다 더 극심한 가난에 시달린다. 하숙집 월세가 밀린 지도 한참 됐을 만큼 돈에 쪼들려 굶기를 밥 먹듯 한다.

결국, 학교를 휴학하고 그나마 멀쩡한 물건을 전당포에 맡기고 받은 돈으로 목숨만 겨우 연명하고 있다. 그러나 전당포 이자는 원금보다 커졌고, 이제는 더 맡길 것도 없다. 세상과 전당포 노파에 대한 극심한 증오에 사로잡힌 명문대생이 살인을 저지르기 전후의 심리를 세밀하게 추적한 이야기가 『죄와 벌』
이다.

공간이 인간 심리에 미치는 영향

　로자의 이야기에는 지금의 한국 상황에 적용해도 별 무리 없
는 자본주의 사회의 문제점이 여실하게 드러나 있다. 싱글맘 가
정의 빈곤, 남자를 위한 '여자(들)'의 희생, 연금제도, 위계에 의
한 성추행, 흙수저 청년의 주거 문제, 고액의 등록금과 생활고로
인한 휴학과 대출, 고금리의 횡포, 빈부격차와 성매매, 조현병,
살인에 대한 법적 해석과 사회적 해석, 수감자들의 열악한 인권
까지 다양한 시각에서 비교하고 해석하는 재미가 많다. 그중에
서도 내가 『죄와 벌』을 다시 한번 읽으며 특히 공감했던 것은,
공간이 개개인의 심리에 미치는 영향과 도시의 1인 가구가 겪
고 있는 '주거난'이었다.

　도스토옙스키는 읽는 사람이 질릴 정도로 치밀하고 집요한
심리묘사가 특기인데, 그 심리를 묘사하는 도구 중 하나가 공간
묘사다. 사는 장소, 공간, 나라가 전혀 다른 곳에서 읽는데도 책

속 인물들이 지내는 방이 마치 내 눈앞에 있는 듯이 그려져 내가 지금 그곳에 있는 것 같다. 작가는 주인공이 아주 협소하고 열악한 주거 공간에서 살고 있다고 여러 차례 언급한다. 주인공 본인의 독백은 물론 여러 등장인물들을 통해 그가 사는 공간에 대해서 계속 말하고, 그런 공간이 주인공 로자의 우울증에 막대한 영향을 끼친다는 지적까지 한다. 몇 장면을 인용해보자.

서서 여섯 걸음이면 되고, 누워서도 방문 걸쇠를 벗길 수 있을 정도로 좁고 낮고 더러운 방은 감옥과도 같다. (중략) 여섯 걸음 정도밖에 안 되는 크기의 조막만 한 쪽방이었는데… 천장은 또 어찌나 낮은지 키가 조금이라도 큰 사람이 여기 들어오면 기분이 영 찝찝하고 머리가 천장에 부딪힐까 봐 전전긍긍할 것만 같았다… .

방이 어쩜 이렇게 고약하니, 로자. 꼭 관 같구나. (중략) 네가 이렇게 우울증 환자처럼 된 것도 절반은 이 방 때문이라는 확신이 든다. (중략) 그 애 방은 정말 갑갑해서 죽을 것 같더라.*

* 도스토옙스키, 『죄와 벌』(민음사, 2012)

내 말대로
살 아 볼
용   기

낮은 천장이라든가 비좁은 방은 마음이나 머리를 짓눌러버리게 마련이오.**

『죄와 벌』의 주인공이 병적인 지적 과잉과 과대망상에 시달리며 조현병 증상을 보이고 결국 살인에까지 이른 것은 감옥 같고 관 같은 좁고 폐쇄적인 집, 방과 연관이 있지 않을까?

대도시에서 백주대낮에 벌어진 묻지 마 폭행, 묻지 마 살인 사건이 일어난 장소 중에는 공중전화 부스, 지하철 안 같은 곳이 많다. 나는 그것이 너무 좁은 공간 안에서의 밀착된 거리와 열기가 이성 저하, 불쾌감 팽창으로 분노장애 조절 능력에 일시 마비를 일으키게 한 원인은 아닐까 의심해본다.

도시에서는 작은 부딪힘에도 서로가 쉽게 예민한 반응을 보이지만, 산을 오르거나 시골길을 걷다 보면 처음 만난 사람들끼리도 서로 여유로운 인사와 덕담을 건넨다. 탁 트이고 넓은 공간이 우리에게 준 너그러움 때문이 아닐까? 지하철 계단에서 나를 밀치고 올라가는 사람을 보고 눈살을 찌푸리는 나와, 산속 오솔길에서 만나는 사람에게 먼저 길을 비켜주는 나는 같은 사람이다. 단지 내가 서 있던 곳의 공기와 공간이 달랐을 뿐.

** 도스토옙스키, 『죄와 벌』(청림출판, 1991)

집과 방에 대한 새로운 고찰

『죄와 벌』이 새롭게 읽힌 것은 수년 전 직장 문제로 타지인 Y 시에 거주하게 되면서 '공간'이 인간의 심리에 어떤 영향을 미치는지 여실히 경험했기 때문이다.

당시 집을 얻을 돈도, 시간도 턱없이 부족했던 나는 '직장에서 가까우면서도 싼 집'을 구하는 게 최우선 과제였다. 다행히 조건에 맞는 집을 빨리 구할 수 있었다. 8평이 채 안 되는 원룸이었다. 싱크대와 냉장고, 세탁기, 미니 옷장, 에어컨이 있고, 잠자는 공간과 싱크대 사이에 미닫이문도 있었다. 혼자 살기에는 크게 모자람이 없어 보였다.

그러나 '한 개의 방'이라는 원룸이 얼마나 협소하고 불편한 공간인가를, 그곳에서 산 지 며칠도 되지 않아 깨달았다. 싱크대가 너무 작다 보니 혼자 사는 내가 한 번에 두 가지 음식을 해 먹기도 불편하고, 뚱뚱한 체격이 아닌 나도 조금만 바삐 움직이다 보면 여기저기 벽에 부딪히기 일쑤였다.

싱크대 오른쪽 벽에 창문 하나가 있었는데, 문을 열면 보이는 바깥 풍경은 전방 1m 거리에 마주한 또 다른 원룸 벽이었다. 영화 「E.T.」의 한 장면처럼 창을 열고 팔을 쭉 뻗으면 맞은편 주거자의 손가락과 맞닿을 정도로 가까운 거리였다. 한낮 기온이

35℃를 웃도는 한여름이었지만 창문을 열어놓을 생각조차 할 수 없었다.

원룸을 왜 집(house, home)이 아니라 방(room)이라고 부르는지 직접 살아보면 안다. 단순하고 막연하게 크기와 구조로 연상되는 집과 방의 의미를 좀 더 정확하게 알고 싶어 인터넷 검색 사이트에서 둘의 차이가 무엇인지 찾아보았다.

집은 우리가 흔히 생각할 수 있는 '보금자리', '가정·가족', '공동체', '공동체의 장소'와 같은 따뜻함과 포근함의 정서가 바닥에 깔려 있었다. '함께' 산다는 것이 큰 의미를 차지했다. 그래서 원룸에 아파트에 있는 모든 시설을 집어넣었다 해도 '가족이 함께 깃들이는 보금자리'란 설명은 절대 나오지 않을 것이다. 한국에서 생각하는 가족의 개념은 '부부와 자녀가 있는 혈연 공동체'로 '최소 3인 가족'을 말한다. 그렇다면 집의 형식은 '3, 4인이 함께 모여 살 수 있는 크기와 구조를 갖춘 공간'으로 귀결될 수 있다.

'방'의 사전적 정의는 '일정한 규격으로 둘러막혀 있는 공간', '건축물의 일부', '건물 내부의 구별된 원래 거실적인 부분' 등으로 나와 있었다. 내친김에 '쪽방'에 대해서는 어떻게 설명하는지도 찾아봤는데, 성인 한 명이 '잘 수 있는 크기'로 만들어놓은 방이라는 설명이 많았다.

보통 3m² 전후의 작은 방으로 '보증금 없이' 월세로 운영되며, '최저 주거 기준 미만의 주택 이외의 거처'로서 방 하나를 쪼개어 쓰거나 일반적인 방보다는 훨씬 작은 생김새와 형성 과정에 따라 쪽방이라는 이름이 붙여졌다는 설명도 찾을 수 있었다. '한 명이 잘 수 있는' 공간을 제공하는 '단신 생활자용' 유료 숙박시설, 빈곤계층이 '마지막으로' 선택할 수 있는 잠자리라고도 정의되어 있었다.

가장 작은 크기의 쪽방에 가장 많은 설명이 붙어 있는데, 가장 협소한 주거 단위에 가장 길고 많은 설명이 붙어 있다는 것은 가장 많은 문제, 고통이 내재해 있다는 의미로도 읽혀 마음이 착잡해졌다. 집 외의 주거 형태를 설명할 때는 그래도 '사는'이라는 설명이 붙어 있었으나 쪽방은 한 사람이 '들어갈 크기', '잘 수 있는 크기'로 공간의 규모에 집중해서 설명하고 있었다. 그러니까 쪽방은 사람이 주거용으로 오래 살 만한 곳은 아니고, 보증금도 낼 수 없는 극빈한 사람들이 비와 눈을 피해 들어가서 겨우 잠이나 잘 수 있는 공간이라는 의미다.

『죄와 벌』의 주인공 로자가 사는 방은 원룸보다는 작고 쪽방보다는 큰 쪽방형 하숙집이다. 내가 살던 원룸은 '거실'로 쓰던

내 맘대로
살 아 볼
용 기

공간을 집 모양처럼 꾸민 '방'이었다. 로자의 방과 쪽방, 원룸, 집의 사전적 정의를 읽다 보니 생각이 자연스레 '1인 비혼(미혼) 가구'가 겪는 한국의 불평등한 주거 복지정책으로 흘러갔다.

사회적·정서적 변화 등의 원인에 따라 1인 가구 증가율이 다인 가구 세대를 앞지르는 추세지만 주거 형태를 보면 다인 가구와 비교해 지나치게 좁거나(고시텔, 원룸), 소득 대비 주거비 지출이 지나치게 과도한(오피스텔) 양극화로 나타난다. 이 말은 자신의 소득 수준에서 적당한 임대가 불가능하다는 현실 반영이다. 나도 Y시에 살 때 처음엔 좀 더 넓고 안락한 오피스텔을 생각했지만 비슷한 평수인데도 월세가 거의 세 배나 차이 나서 바로 포기했다.

국가가 개인 삶의 모델로 지정한 4인 가족

한국토지주택공사의 전세자금 대출 지원 중 (다인 가구) 영세민 전세 자금은 연 2% 이율, 근로자 서민 전세자금은 연 4.4~5.5% 이율로 시중 은행보다 현저히 낮은 이자로 대출이 가능하다 (2018년 기준). 하지만 비혼(미혼) 1인 가구는 '우선 제외'된다. 이는 자녀 수가 많은 법적 혼인 가족 중심으로 모든 복지제도가 돌아가기 때문에 비혼(미혼)의 1인 가구는 인간적인 기본 생활을 영위할 수 있는 집을 빌리기도, 사기도 불가능하다는 것을 의미한다. 당연히 다인 가구보다 1인 가구의 자가 주택 비율이 현저히 낮을 수밖에 없다.

이 글을 쓰면서 여러 통계 자료를 검색해보니 우리나라의 자가 보유율은 4인 가족은 70%대, 3인 가족은 63%대, 1인 가구는 30%를 겨우 넘는다(2018년 기준). 여기서 항상 모든 평균치를 높이는 상위 소득자 값을 빼면 1인 가구 자가 보유율은 실지로는 30% 훨씬 아래일 것이다. 모든 복지제도가 그렇듯 주거정책에서도 1인 가구는 철저히 배제되어 있다.

최근에는 정부에서도 이런 현실을 반영해 '행복주택' 같은 1인 가구형 임대주택을 공급하고 있지만 그 대상이 너무 한정적이라 실효성이 떨어진다는 것이 중론이다. 정부가 정한 우선 지원 대상은 '대학생, 사회 초년생, 신혼부부'다. 대학생은 졸업한 지 2년 이내인 자, 사회 초년생은 만 19~39세로 소득 활동 2년 이내인 자, 신혼부부는 결혼한 지 7년 이내인 사람들로 '입주 전까지 혼인 사실을 증명'만 하면 된다. 얼핏 봐도 신혼부부가 가장 유리한 조건인데, 실제 경쟁률만 봐도 그렇다.

공공임대주택의 경쟁률을 보면 청년 122 대 1, 신혼부부 28

대 1, 고령자 14.1 대 1로 소득을 고려했을 때 신혼부부가 절대적으로 유리하다. 전체 공공임대주택 경쟁률은 303 대 1인 경우도 있어 공무원 시험이나 대기업 입사 경쟁률은 저리 가라 수준이고, 그래서 '임대주택은 로또 확률'이라는 볼멘소리까지 나온다.

4인 가족의 자가 비율이 가장 높은 데서도 알 수 있고, 임대주택에 절대적으로 유리한 당첨 기준과 확률만 보더라도 현행 주택 지원 정책의 근거가 '대학 졸업 후 2년 안에 취직해서', '40세 이전에 결혼'하고, '2인 자녀'를 낳은 다인 세대 중심이라는 것을 알 수 있다. 국가가 집을 볼모로 개인의 삶의 모델을 정해 놓은 셈이다. 결국 대학생이 아닌 20대, 대학을 졸업하고 2년이 넘은 미취업자, 소득 활동이 3년 넘은 30, 40대 무주택자는 국가의 도움을 받는 게 불가능하다는 의미이기도 하다.

Y시에서 집을 구하면서 내가 내건 첫 번째 조건이 '회사에서 최대한 가까운 곳'이었다. 원룸이나 고시텔에서 사는 월세형 주거자들 중 상당수는 저소득의 비정규직, 장시간 노동자가 많다. 저소득자이지만 회사까지 이동이 편한 도심 근교나 지하철 인근에 집을 얻을 수밖에 없어 소득 대비 주거비 지출이 높다. 정부가 정한 나이, 수입 기준에 모호하게 걸린 20, 30대 월세 주

거자는 평생 월세형 인간으로 살 가능성이 크다는 의미다.

1인 가구에 대한 역차별은 다인 가구 세대인 다른 가족의 부담이 될 수도 있다. 이 불공정한 게임에서 살아남으려면 40대가 되기 전에 위장 혼인신고라도 하고 위장 입양을 하는 편법이라도 써야 할 판이다.

국가가 긍정적 삶의 모델을 제시하는 것은 좋지만 그것을 법으로 제도화해 차별하는 것은 개인 삶에 대한 공권력 간섭으로 느껴진다는 게 나만의 생각일까?

나만의 온전한 방 한 칸에 대한 글이 실린 책

김중식, 「식당에 딸린 방 한 칸」
(『황금빛 모서리』 – 문학과지성 시인선 130, 문학과지성사, 1999)
"우린 식당(食堂)에 딸린 방(房) 한 칸에 사는 가난뱅이라고
경쾌하게 말 못 하는 내가 더 끝이라는 생각이 든다."(16쪽)

버지니아 울프, 「이 지상에서의 나 혼자만의 房」(세종출판사, 1990)
"여자들 누구나가 1년에 500파운드의 돈과
자기 혼자만의 방을 가져야 한다."(157~158쪽)

내 맘대로
살 아 볼
용 기

밥벌이를 그만두면 살고 싶은 집

당신들은 이동하지만,
상처받은 사람은 걷는다

걸을 때 비로소 보이는 풍경들

내 맘대로
살아볼
용기

두 발로 걷는다는 것
- '이동'의 편리함을 버리고 '장소'의 특별함을 얻다

단시간에 격렬하게 몸을 움직여 땀을 내는 운동은 내 몸이나 마음과는 잘 안 맞다. 복잡한 헬스장 탈의실에서 옆 사람의 땀 냄새를 맡으며 옷을 갈아입는 것보다 집 근처 공터를 알맞은 걸음으로 걷는 것이 더 좋다. 기계 위에서 시간을 재며 뛰는 것보다 시계는 풀어서 책상 위에 놓고 아파트 마당 건너 앞산을 천천히 오르는 게 더 좋다. 좀 먼 동네로 산책이나 여행을 하러 가면 불가피하게 비행기를 타거나 자가용, 택시에 실려 다닐 때도 있지만 걷거나 버스를 타고 다니는 게 더 좋다.

편리하고 빠르지만 바쁘게 움직이는 이동 속에서는 풍경도, 사람도 덩달아 빨리 지나가고 금방 잊힌다. 택시에서 자가용, 자가용에서 비행기로 옮겨 타는 것은 어떤 '장소'로 가는 게 아니라 그저 단순한 '이동'에 불과하다.

내 두 발로, 몸으로 간 곳이 어떤 '장소성'을 가진 곳이라면 차로, 비행기로 움직인 것은 그저 이곳에서 그곳으로 '이동'한 것에 불과하다. '장소성'이란 무엇인가? 내가 '그 장소에 갔다'와 '거기로 이동했다'에는 어떤 차이가 있는가? 장소성이란 그곳에 사람이나 물건, 물체의 어떤 정서와 의미가 존재하는 것이다. 내가 간 의미, 내가 보고 느낀 의미, 어떤 일이 생기고 감정이 만나고 헤어지는 자리다. 그래서 내가 간 곳은 그 장소만의 정서가 있지만, 내가 이동한 곳은 단순한 움직임만 있다.

이동은 여기에서 저기, 거기로 자리 옮김에 불과하다. '우리가 만난 장소'와 '우리가 이동한 장소'의 정서 같은 것, 내가 네 이름을 불러줄 때 비로소 꽃이 되는 의미 같은 것이다. 이동이 추상적이고 불특정한 휘발성의 단순한 시간성이라면, 장소는 구체적이고 특정한 기억, 공간성이 있다. 장소에는 사람과 사건이 만나고 헤어지는 그곳의 존재감과 무늬들이 있다. 이동에는 없는 장소의 깊이가 있다. 가는 게 목적인 이동에는 없는 인간의 무늬, 풍경들을 '걷는' 장소에서 만나고 헤어지는 것이다. 아래는 그런 풍경, 무늬 중 하나.

등산의 피로함을 달래며 산 아래 공원 벤치에 앉아 약속한 친구를 기다렸다. 자판기에서 뽑은 음료수 한 잔을 마시며 다리를 주무르는데 옆 벤치에서 중년 사내 둘이 나누는 이야기가 들렸다.

사내 1: 며칠 뒤 등산을 가야 해서 등산 가방을 하나 사러 갔어. 좀 싸다는 매장에 가서 한 시간 가까이 고르고 뒤적거려 산 것이 세일해서 9만 원 넘더라.

사내 2: 등산 용품이 원래 좀 비싸. 옷도 그렇고 방수니 땀 흡수니 해서 기능성 제작이 많아 좀 비싸지. 쓰던 거 가져가지 새로 샀냐?

사내 1: 생전 산이고 바다고 어디 놀러를 가봤어야 제대로 된 가방이고 뭐고 있지. 오랜만에 만난 친구들이 하도 이번엔 같이 가자고 해서 엉겁결에 대답을 했지 뭐냐. 얼떨결에 간다 했는데 강원도 어디 1박 2일 코스래. 거긴 아직 춥다고 얇은 오리털 패딩을 챙겨오라네. 꼭 넣어오라는데 요즘 날씨에 그걸 입고 가기도 그렇고 마땅한 가방이 있어야지. 놀러 간다고 덥석 대답해 놓고 나니 없는 거 준비할 게 왜 그리 많은지…. 고마 가기 싫어지네.

오십 평생 처음으로 집 밖에서 숙식하는 장거리 나들이 한 번 가려 했더니, 준비할 게 너무 많아 가기가 싫어진다는 중년 사내의 자조 섞인 담담함에 넘기던 음료수가 목에 걸렸다. 옆 벤치를 슬쩍 쳐다봤다. 기름기 없는 얼굴에 몸피보다 큰 검은색 운동복 때문인지 마른 몸이 더 왜소하게 보인다. 실제 나이보다 더 많아 보이도록 한몫한 백발은 운동선수처럼 짧게 잘랐다.

'걸어야' 비로소 보이는 사람의 무늬, 풍경들

사내들은 내 친구가 오기 전에 일어났다. 얼마 후 만난 친구에게 방금 들은 대화를 전했다.

"좀 슬프지 않냐? 사람이 오십 넘어서도 생계 때문에 일한다는 것도 슬프고, 그렇게 일하고도 놀러 한 번 제대로 가지 못하고 사는 것도 슬프고. 백만 년 만에 한 번 놀러 갈랬더니 왜 그리 없는 거, 돈 드는 게 많은지. 그래서 놀러 가기 싫어졌다는 것도 슬프고."

"아이고~ 인생 그래 살아 뭐 하노? 어차피 죽으면 빈손으로 갈 거 아등바등 살지 말고 쓰면서 놀면서 살지. 답답한 인생이네."

"있으면서 안 쓰는 모양새는 아니더라고. 그 나이까지 일하고도 돈 많이 들어서 놀러 가는 게 즐겁지 않을 정도면 형편이 어려운 거겠지."

"그 나이까지 일했는데 뭐 했대?"

"자식 키우고 학교 보내고 집 마련하느라 한세월 다 갔겠지. 그러다 보니 자신을 위해 돈 쓸 틈도 없었고."

"자식이 무슨 소용이라고? 대부분은 자식보다 일찍 죽을 건데 뭐하러 안 써? 쓰다가 죽는 게 낫지."

"그래도 부모 마음이 그러냐? 젊을 땐 가정과 자식 위하느라, 늙어선 자식한테 폐 되는 게 싫어서. 돈은 못 물려줘도 빚은 물려주기 싫어서 그러겠지."

"부모 빚을 왜 자식이 갚아야 돼?"

"빚도 유산이라잖아. 영화 「화차」 못 봤냐? 잘못 살다 빚지는 부모도 있고 같이 먹고 사느라 빚지는 부모도 있고 그렇겠지. 같이 먹고 사느라 진 빚은 자식에게도 채무가 있는 거 아닌가?"

친구는 "뭘 해줬다고 빚을 물려줘? 얘, 칙칙한 얘기 고만하고 빙수나 먹으러 가자"며 날 일으켰다. 돈이 너무 많이 들어 놀러 가기가 싫어졌다는 직전 이야기의 잔상이 남아서 그런지, 대기업 프랜차이즈 커피숍의 빙수 값이 그날따라 참 비싸게 느껴졌다. 우리가 그날 주문한 빙수와 과일 셰이크 가격은 동네 정육점에서 파는 삼겹살 두 근 값이었다.

"자주 느끼지만 이런 데 빙수 값은 참 비싸. 간 얼음에 과일 몇 조각, 우유 좀 부어서 만 원이 넘잖아. 우리는 비싸다고 투덜거리면서도 이런 데 와서 이런 걸 먹고 마시지만, 아마 평생 이런 데서 이런 거 한 번 못 먹고 죽는 사람도 있겠지?"

"있을까? 있겠지. 빙수는 모르겠다만 한우는 지 돈으로 못 사

먹고 죽는 사람도 있지 싶다."

"만 원 안팎의 돈이 없는 것도 아니고 그 정도는 쓸 수 있지만, 이 돈이면 우리 자식, 식구들 고기 한 근 값이다, 통닭 한 마리 값이다 싶어 못 오는 사람도 있지 않을까? 내 혼자 이래 비싼 빙수 먹는 돈으로 고기 사서 식구들 먹이자 싶어서. 그런 생각 하면 이런 거라도 사 먹을 수 있는 게 고맙다 생각도 되고, 괜스레 쓸데없는 허영 아닌가 싶은 미안함도 들고…. 이래서 모르는 게 약이고 아는 게 병이라는 말이 생겼나 봐."

"니 이야기 계속 듣고 있으니 목이 메어 빙수가 안 넘어간다. 얘, 너 늙었나 보다. 자꾸 슬프고 아픈 게 많이 보이는 걸 보니."

차로 이동했으면 못 보고 들었을 사람의 무늬, 풍경이다.

풍경과 상처에 관한 글

김담, 『숲의 인문학』(글항아리, 2013)

김훈, 『풍경과 상처』(문학동네, 2009)

클로드 레비 스트로스, 『슬픈 열대』(한길사, 1998)

내 맘대로
살 아 볼
용   기

"누가 걷는가?
그것은 '상처받은 사람'이다.
조금 더 정확히는,
상처를 받은 탓에
세계가 세속이라는 미로로
바뀐 사람을 말한다.
당신들은 이동하지만,
상처받은 사람은 걷는다."*

* 김영민, 『산책과 자본주의』(늘봄, 2007)

'밑줄 긋는 여자'가 IMF를 만났을 때

간판 이름대로 됩니다

내 맘대로
살아볼
용　　기

작명이 반이다 - 간판 여행

간판은 가장 익숙하고 오래된 광고물이다. 우리가 어떤 회사나 매장을 잘 모르고서도 그곳이 어떤 상품과 품목을 파는지 알 수 있는 것도 간판을 통해서다. '김밥천국', '버르장머리', '목터져노래방', '몸부림모텔' 등은 상품의 정체성이 단박에 드러난 좋은 예다. 김밥천국이나 가위가 그려진 버르장머리처럼 간판만 보고도 그곳의 업종을 알 수 있는 직설적인 광고도 있지만, 간판만으로는 그곳에서 파는 상품이 무엇인지 알 수 없는 이름도 많다.

우리가 흔히 '별다방'이라고 얘기하고 원두커피를 즐기는 이라면 최소 몇 번은 갔을 '스타벅스'만 해도 그렇다. 이미 브랜드 자체가 광고인 그 매장은 이제는 커피를 안 마시는 사람도 그곳이 커피를 파는 곳이라는 것을 알 것 같지만, 집에서 봉지 커피믹스만 주로 마시는 시골의 할매, 할배들한테 아무 정보도 주지 않고 스타벅스를 물으면 거기가 뭐 하는 곳인지 모르는 사람이 태반일 것이다. 또한, 스타벅스가 글로벌 커피 매장이라는 것을 아는 사람도 그 브랜드명의 유래까지 아는 이는 의외로 적을 것이다. 허먼 멜빌의 소설 『모비딕』에 나오는 커피 좋아하는 일등

나는 간판에서 시대상과

그 시대의 언어, 정신을 읽기도 해서

가끔 간판 읽는 재미로 소일하기도 한다.

일명 '간판 여행'이다.

동네 골목, 여행지 도심과

한갓진 시골 구멍가게 간판들에서

그 주인장의 어떤 성격, 생활 철학 같은 것이

엿보이는 것이다.

내 맘대로
살 아 볼
용　　기

항해사 이름이 스타벅이라는데, 나같이 아직 『모비딕』을 읽지 않은 사람과, 읽었더라도 그 스타벅을 연상하지 못한 사람에게는 아무런 의미가 없는 간판명인 것이다.

다국적 커피점을 싫어하는 사람들은 그곳의 맛이 '간판값'보다 못하다는 소리를 많이 한다. 우리가 흔히 외모와 학벌, 직업 같은 어떤 외형적 조건이 좋은 사람을 보고 "그 사람은 간판이 좋아"라고 얘기하고, 그 조건, 명성에 못 미치는 행동이나 실력을 보이면 "그 사람은 간판값을 참 못해. 간판이 아깝다!"라는 비하 섞인 말을 한다. 반면 내용이 아무리 좋아도 외형적 조건이 안 좋으면 "그 사람은 실력은 좋은데 간판이 안 좋아서…"라고도 한다. 간판은 이렇게 중요한 것이다. 오죽하면 개업하면 '간판을 걸었다'라고 하고, 폐업하면 '간판을 내렸다'라고 하겠는가. 이때의 간판은 '내가 가진 모든 것을 걸었다'라거나 '내가 가진 모든 것을 잃었다'라는 뜻도 된다.

나는 간판에서 시대상과 그 시대의 언어, 정신을 읽기도 해서 가끔 간판 읽는 재미로 소일하기도 한다. 일명 '간판 여행'이다. 동네 골목, 여행지 도심과 한갓진 시골 구멍가게 간판들에서 그 주인장의 어떤 성격, 생활 철학 같은 것이 엿보이는 것이다.

블로그 등 개인 홈페이지의 주인장 아이디나 전자메일 주소명도 그의 어떤 염원이나 욕망 혹은 상실을 드러내는 간판이지만, 상가 간판엔 그런 게 좀 더 직접적으로 나타나서 더욱 흥미로운 여행지다. 내가 간판 이야기를 제법 길게 주절거리는 것은 간판에 관한 아픈 추억이 있기 때문이다. 꼽아보니 벌써 20년 전 이야기구나!

'밑줄 긋는 여자'가 IMF를 만났을 때

20년 전, 동생과 나는 내가 사는 도시의 국립대학교 뒷골목에서 카페를 했다. 앞서 다른 곳에서 동종업을 한 경험이 있고 장사 수완이 좋은 동생은 메뉴와 홍보, 영업에 주력하고 늦게 합류한 나는 금전 관리, 매장 인테리어, BGM 같은 것을 맡았다.

기존에 장사하던 곳을 인수했는데 가게 한쪽 벽면에는 칸막이가 처진 붙박이 나무 장식장이 있었다. 빈 술병 몇 개와 액자가 대충 얹어져 있고, 비워진 선반도 많아 공간 이용이 무성의해 보였다. 제법 커서 들어내고 새로 뭔가를 만들기엔 시간과 돈이 많이 들 것 같고, 그냥 놔두고 쓰기엔 모호한 구조였다. 그런데 곰곰 생각해보니 책장으로 꾸며 북 카페 같은 분위기를 연

예나 지금이나 카페와 책은 잘 어울리는 조합인 것 같다. (출처/픽사베이)

출하면 좋을 것 같았다. 집에 있던 내 책을 가져오면 추가 비용
도 별로 들지 않고 이 인근에는 없는 색다른 카페가 될 것 같았
다. 요즘 유행하는 그런 북 카페인데, 밥과 술까지 팔았으니 내
식견이 한참 앞섰구나!

　가게의 전체적인 배열을 정하고 간판 작명에 고심했다. 당시
카롤린 봉그랑의 『밑줄 긋는 남자』를 재미있게 읽던 나는 그 이
름에 꽂혔다. 우리가 여자니 '밑줄 긋는 여자'가 좋겠다고 했다.

동생은 '밑줄 긋는'이 계속 걸린다고 했다. '외상'이 떠오르기도 하고 '(장사) 공친다'라는 뉘앙스도 물씬한데, 게다가 밑줄 긋는 '여자'라니…. 괜히 간판 이름대로 가게 운이 따라가는 것은 아닌가 하는 우려였다.

나는 가게도 북 카페 분위기니 간판명이랑 잘 어울리지 않냐, '봉 여사'의 서평 기사를 메뉴판 한쪽에 붙여 책과 함께 테이블마다 두고 음식 대기 시간에 읽게 하면 문화 서비스와 함께 자연스러운 마케팅으로 이어진다고 회유했다. 나처럼 사소한 일에 목숨은 안 걸지만 귀는 얇은 동생은 좀 미심쩍어 하면서도 그렇게 하자고 했다.

처음엔 인근 카페와 다른 분위기, 독특한 간판명과 '라면+커피(음료) 세트'를 비롯한 여타 경쟁 가게에 없는 다양한 메뉴로 반응이 좋았다. 그러나 가게 위치가 도로가 아닌 뒷골목이라는 지리적 불리함에 주변 점포의 영업정지, 매출 부진으로 인한 휴업과 폐업이 늘면서 고객들이 점점 줄었다.

또 가게를 얻을 때 '국립대학'이란 학교의 특수성을 인지 못했던 시장조사의 실패도 있었다. 이전에 하던 가게 자리도 대학가 근처였지만 정류장 바로 앞이라는 입지 조건이 좋았고 금수저 자제들이 많은 예체능 대학이라 학생들 씀씀이가 컸다. 돈가스 정식에 나오는 디저트가 마음에 들지 않거나 양이 적으면 돈

을 추가로 내고 다른 것을 시켰다. 시험 기간이나 방학도 별로 타지 않았다. 수업이 있거나 없거나 카페에 몰려와서 우정과 사랑을 나누었다.

그런데 이 국립대학은 포장마차 붕어빵 장사도 덜 된다는 것을 장사를 시작하고 나서야 알았다. 학생들은 시험 기간엔 도서관에 짱박혀 있고, 비시험 기간엔 과외를 하고, 방학이면 본가에 갔다. 소도시, 시골에서 온 지방 유학생들은 방학을 하면 다 본가로 간다는 것은 생각지 못한 변수였다. 그때는 지금처럼 원룸도 없어서 지방 학생들은 기숙사 아니면 개인 민가에서 하숙을 했다.

등록금 싼 국립대학이라고 다 가난한 집 딸, 아들만 다니는 건 아니다. 그 또래들의 씀씀이는 친구 따라가는 것이 보통인데 국립대 학생들은 사립 예체능 대학 학생들보다는 확실히 알뜰한 소비를 했다. 예체능 대학 학생들은 500cc 호프와 당시엔 고급진 메뉴였던 피자 같은 안주도 곧잘 시켰지만, 국립대 학생들은 소주 한 병에 싸고 양 많은 오뎅탕을 시켜 물 부어가며 오래, 나눠 먹었다. 부모들에겐 참한 학생이었으나 장사치들에게는 참하지 않은 고객이었다.

안 되는 이유가 나날이 늘어나는 동안 월세와 전기요금 등의 관리비가 몇 달씩 밀리다 급기야 보증금에서 월세를 까먹는 사태가 왔다. 몇 명이나 되던 알바를 다 내보내고 둘이 하는데도 수지가 안 맞았다. 지나가던 개도 알아들었다는 IMF 외환위기였다. 우리 집 가정 경제는 오래도록 늘 IMF적 위기에 있었기에 나라가 무너질 것 같은 위기감도 심각하게 체감되지 않았다.

그러다 보증금이 월세로 다 대체되고 원금보다 큰 카드빚을 떠안고 문을 닫게 됐을 때 IMF 외환위기가 비로소 실감됐다. 결국 동생의 우려대로 '밑줄만 긋다' 가게를 접었다. IMF 외환위기는 대한민국 경제 전반에 막대한 악영향을 끼쳤지만 '마시고 입고'에 해당하는 외식, 의류업은 가장 빨리 심각한 타격을 받았다.

당시 「두 시의 데이트」라는 라디오 프로그램에서 애청자 사연을 읽어주는 코너가 있었다. 시절이 그럴 때라 '힘들어서 못 살겠다'라는 내용이 태반이었는데 그 사연 중 하나가 꼭 우리 상황 같아서 웃다가 울 뻔해 오래도록 기억한다.

우리와 비슷한 업종인 커피숍 주인이었는데 IMF 외환위기를 맞고 나서 하루하루 버는 돈보다 내야 할 돈, 갚아야 할 빚이 더 늘어나더란다. 전기요금 내기도 힘들어 에어컨도 꺼놨다가 손님이 들어오면 틀곤 했단다.

내 맘대로
살 아 볼
용   기

그런 날이 계속되니 우울감과 낙담만 늘었고 어느 날 손님이 들어왔는데, "어서 오세요"라고 해야 하는데 저도 모르게 "어떻게 오셨어요?"란 말이 튀어나오더라는 것이다. 사정을 모르는 손님은 "아이~ 이 주인장아, 찻집에 차 마시러 왔지 왜 왔겠소? 이 집 왜 이렇게 더워. 거 에어컨 좀 켜보소" 했다는 내용이다. 손님 구경을 하도 못 하다 보니 "어서 오세요"란 인사말도 깜박했다는 웃기고 슬픈 사연이었다.

사글세살이도 오래 했고 학교 공납금은 항상 제일 늦게 냈지만 큰 빚 없이 근근이 살던 우리는 장사 몇 년 만에 카드 돌려막기, 신용불량… 같은 사회면 뉴스에 나오는 그런 빚쟁이가 되어 있었다. 온 식구가 매달려 그 빚을 갚는 데 근 10년 가까운 세월이 걸렸던 것 같다.

갚을 땐 정신도, 여력도 없어서 몰랐는데 다 갚고 계산해보니 그 돈이 어마어마했다. '갚은 돈을 보니 그동안 없어서 돈 못 모았다는 게 거짓말이었나! 이렇게 갚을 수 있는 돈이라면 왜 구경 한 번 못 했을까?'라는 서러움과 의문이 들었지만 그런 건 내가 풀 수 있는 문제가 아닌 같았다. 갚는 정신으로 모으지 못한 불찰이었다.

지금도 엄마나 동생은 "세상에! 가게 이름을 그렇게 짓는 데가 어덨노? 결국 이름처럼 됐다 아이가?"라며 내 작명 센스에 혀를 끌끌 찬다. 실지로 소수 고객, 젊은 학생층에선 신선하다는 반응도 있었으나 아재들은 간판 이름을 갖고 웃기지도 않은 농이나 시비를 걸곤 했다.

"여 간판 이름이 '밑줄 긋는 여자'란다. 뭐 시켜 먹고 밑줄 긋고 돈 안 내고 가도 되는교? 흐흐."

카롤린 봉그랑, 『밑줄 긋는 남자』(열린책들, 1994)

1999년에 지구가 멸망할 것이라는 노스트라다무스 영감의 예언은 틀렸다. 지구와 인류는 건재했고 내가, 우리 집이 망했으니까.

그때의 여러 가지 정황상 꼭 간판명 때문에 그렇게 된 것은 아니지만, 당시 작명이 중요하다는 것을 알리는 예화가 내 주변에 몇 군데 더 있었다.

내 맘대로
살 아 볼
용 기

전설처럼 문 닫은 '가을의 전설'

그때 우리 가게 아래층 지하에는 소주 전문점이 우리와 비슷한 시기에 오픈했다. 20대 친구 둘이 하고 있었는데 몇 달 있다 보니 영업을 하지 않았다. 어린 친구 둘은 장사 이견으로 자주 다퉜고, 장사도 안 되던 차에 미성년자 단속에 걸려 '영업정지'가 되자 그참에 아예 문을 닫아버렸다.

그 가게 이름은 당시 한창 인기 있던 영화 제목을 딴 '가을의 전설'이었다. 결국 그 가게는 영업 몇 달 만에 '전설'처럼 사라졌고, 그 건물 2층 가게는 '밑줄 긋다가' 보증금 다 날리고 나온 것이다. 이름대로!

짧고 강렬한 생-'마릴린 먼로'

가수들은 노래 제목이나 가사 내용에 따라 인생이 달라진다고 하던데 범인(凡人)들의 일생도 예외는 아닌가 싶다.

동생은 나와 함께 문제(?)의 국립대학 앞에서 '밑줄을 긋기' 전에 한 사립대학 앞에서 카페를 운영했다.

'화려하게, 짧고 굵게, 정열적 사랑'이 인생 신조인 동생답게 가게 이름도 '마릴린 먼로'였다. 물론 간판엔 먼로 얼굴도 크게 그려 넣었다.

유동 인구가 많은 좋은 터에 현금 결제 시대였고 부잣집 자제들이 많이 다니는 예체능 대학이라 학생들 씀씀이도 좋아 장사가 잘됐다. 투자금도 다 뽑고 집 마련에도 큰 도움을 받아 승승 장구하려던 찰나 가게 월세가 무섭게 올랐고 IMF 외환위기가 시작됐다. 마릴린 먼로의 삶처럼 짧고 굵게 재미를 봤다!

근근이 손해만 면한 채 임대 계약이 끝났고 세가 좀 싼 국립 대학 인근 상가 쪽으로 자리를 옮겼다. 내가 합류했고, 양식과 칵테일 제조법을 직접 배워 주방과 바 인건비를 줄이고 홀 서빙 아르바이트도 최소화하는 긴축 경영이란 것을 하기로 했다. 그렇게 차린 곳이 '밑줄 긋는 여자'였던 것이다. 경중의 문자 애호 증과 이런 일련의 사연들이 합쳐져 간판 이름에 흥미를 갖게 된 것이다.

내 인생도 내놓고 싶다-'인생 부동산'

지금도 있는지 모르겠지만 수년 전 전주 한옥 마을에 갔을 때 아주 인상적인 간판을 하나 봤다. 사철 인파가 넘치는 한옥 마을 중심가에 있는데, 누구나 그 앞에서 사진을 찍으면 한 편의 드라마가 연상되는 인생 샷이 나오는 건물이었다.

건물 외양은 볼품도 없고 허름했다. 몸체는 흔한 기와지붕 아래 조립식 패널 벽과 시멘트 벽으로 부조화하게 합체됐고, 왼쪽 조립식 벽면엔 철제 새시 문이, 오른쪽 시멘트 벽면엔 낡은 나무 미닫이문이 달려 있다. 게다가 미닫이문 위쪽은 일부 깨져 있고 유리문 안으로 보이는 낡은 짐들은 폐업한 지 오래된 가게라는 것을 알려준다.

이 볼품없고 허름한 가게 앞에서 찍는 게 무슨 드라마 샷, 인생 샷이냐고?

이 건물에 걸어놓은 간판 이름이 '인생 부동산'이었다. 간판만 떼면 동네 작은 슈퍼인지 가정집인지 모를 정도로 평범한 외양인데 오로지 이 간판 이름 때문에 비범한 건물이 돼버린 것이다. 지나가다 그 앞에 서서 사진을 찍으면 꼭 그 부동산에 '내 인생'을 내놓으러 온 것 같은 기분이 살짝 들기도 했다.

'내 인생 내놓습니다. 매매, 전세 다 가능합니다!'

당신들은 자기 인생을 내

놓고 싶을 때가 한 번도 없었는가? 사람 인생도 매매나 대여가 된다면 팔고 지금과 다른 새뜻한 인생을 살거나 멋져 보이는 다른 인생을 사고 싶지 않던가? 그런 것이 가능한 거래소가 있다 해도 은행처럼 어떤 담보 조건이 붙을지 모른다. 영혼을 팔라거나 그림자 혹은 장기를 팔라거나….

(출처/픽사베이)

나에게 '간판'을 보는 행위는
사람과 세상을 만나는 또 하나의 여행이다.

Chapter 2
누구의 간섭도 없이
내 맘대로 살아볼 용기

혼술을 기꺼이 즐길 용기

술 한 잔과 글 한 줄, 방구석 주독(酒讀)의 즐거움

갖고 싶다, '내 방' 하나
-혼자만의 공간을 꿈꾸던 시절

어릴 때 친한 친구들은 모두 '자기 집'에서 살았다. 물론 엄밀히 말하면 그들 부모님의 집이었다. 2층 단독주택에서 식구끼리 오손도손 살기도 하고 1층이나 2층 외진 방은 세를 놓기도 하는 '주인집'이었다. 어릴 때부터 비현실적인 꿈은 꿈에서조차 안 꾸는 나는 '내 집' 같은 건 꿈도 꾸지 않았다. 그저 '내 방' 하나가 작은 꿈이었다.

나는 가난한 집 딸이었다. 세 식구가 아주 오랫동안 한 방에서 지냈다. 셋 모두 여자이니 그나마 다행이었다. 시대를 잘못타고나 한부모 가정을 지원하는 정책도 없었고 무상보육, 무상급식 제도도 없었다.

자식 사랑이 끔찍한 엄마는 어린 우리 자매를 옆에 끼고 할수 있는 일만 했다. 미싱 한 대로 옷을 만들거나 고쳐 팔았고 방석, 베갯잇 만드는 부업도 오래 했다. 동화책에 자주 등장해서익숙한 '삯바느질'하던 엄마가 현실로 넘어와 우리 집에서 미싱을 밟고 있었다. 동화책 속은 아름답고 조용했는데 현실은 시끄럽고 괴로웠다. 미싱 소리가 아침부터 저녁까지 '드르륵, 드록'거렸다. 꿈에서도 '드르륵 털털'거리는 소리가 들리는 것 같았다.

"소금땀 비지땀 흐르고 또 흘러도

미싱은 잘도 도네 돌아가네~"

'노래를 찾는 사람들'의 대표곡인 「사계」를 처음 듣던 날 우리 집 주제가가 아닌가 싶었다. 드르륵거리는 소리가 나지 않으면 나는 살 만했지만 우리를 먹여 살려야 했던 엄마는 돈이 안들어와서 죽을 맛이었을 것이다. 시끄럽기 짝이 없어 나에게 늘 미움을 받던 '부라더 미싱'은 우리 집의 가장이자 형제였다. 기계도 늙고 엄마의 눈과 손도 늙어 부라더 미싱을 버려야 했을 때, 엄마는 애먹이던 서방이 죽은 거처럼 시원섭섭해했지만 나는 시원했다.

없는 집 자식들은 성격이나 감각이 둔해야 사는 게 덜 힘들 것인데 나는 어릴 때부터 유달리 예민했다. 미세한 소음이나 옆 사람의 뒤척임에도 금방 잠에서 깼다. 직장이 집이고 집이 직장이니 드나드는 손님들과 일감으로 어지럽혀지는 방이 싫었다.

엄마의 관심이 부족하다고 투덜거리는 친구들도 있었지만 나는 제발 나한테 무관심한 엄마, 조용한 환경이었으면 바랐다. 혼자 조용히 있는 게 간절한 소망이었지만 현실은 정반대였다. 속

옷은 매번 이불 속에서 갈아입어야 했고 밤늦게 책을 읽거나 음악을 들을 수도 없었다. 사람들이 지나가다 언제든 들여다볼 수 있는 통유리로 된 매장에서 사는 심정이었다.

세월이 흘러 '집주인 딸'이던 친구들은 빨리 집주인이 됐지만 셋방 집 딸이던 나는 내 방 하나 갖기도 힘들었다. 똑같은 결핍 안에서 내가 욕망에 피로해하며 '무리한 삶'을 혐오할 때 동생은 '저지르면 된다'는 강한 도전정신을 보였다. 지금의 집은 동생의 그런 욕망과 승부 근성의 결과다. 집이 있다고 행복한 삶이 보장되는 것은 아니라는 현실은 한참 뒤에야 알았다. 이사를 하지 않아도 되는 건 큰 수확이었지만. 동생이 결혼하고 이 집은 은행과 나의 공동소유가 됐다. 은행에 매달 돈을 헌납(?)하는 것은 힘들지만 내 방도 아닌 무려 '내 집'이 있으니 감사할 일이겠지?

내 방 안, 혼자서 즐기는 주독(酒讀)의 맛

내 방이 생기면서 가장 좋은 것 중 하나는 오랜 불면자인 내가 내 맘대로 자는 시간을 정할 수 있다는 것. 음악도 마음대로 듣고 책이나 영화도 늦게까지 읽고 볼 수 있다는 것이다. 혼자

일상에서의 소소한 행복을 자족하기 위한
내 나름의 규칙은 '작은 절제'다.
수많은 세계 맥주들이 나를 유혹하지만 하나에
4000원이 넘는 제품은 사지 않는다.

내 맘대로
살 아 볼
용   기

여행도 잘 다니고 밥도 잘 먹고 차도 잘 마시고 영화도 잘 보는 내가 술이라고 혼자 못 마실까? 우리나라에서 여자 혼자 술집에서 술을 마신다는 것은 '나 사연 있는 여자야, 외로워. 그러니 날 잡숴…'라고 홀리는 일이라지? 뭘 홀리는지는 모르겠지만 내 돈 내면서도 불편하게 마시기 싫어 편하면서 돈도 적게 드는 내 방 혼술을 즐긴다. 가장 맛있는 술 중 하나는 책을 읽으며 마시는 주독(酒讀). 주독의 맛을 모른다면 책 좋아하는 사람 아니지.

술에 져서 쓰러졌을 때에야 비로소 머리맡에 쌓인 책들이 그리워지고 정다워진다. 자다 깨다 꿈결처럼 책을 안고 있던 새벽녘에 문득 생각했다. 책이라도 없었다면 나의 이 처량한 시간과 자괴감을 무엇으로 덮을 수 있을 것인가.

앞으론 책을 읽기 전에 기도를 하자! 이 책이 내 손에 닿기 전에 이바지한 모든 이들에게 감사와 존경의 인사를 드리자! 몸에 들어오는 음식에만 감사할 것이 아니라, 영혼에 들어오는 음식에도 마땅히 감사할 일이 아니겠나! 기도를 하자.*

* 류근, 『사랑이 다시 내게 말을 거네』(곰, 2013)

주독(酒讀)에 빠져 있을 땐 '가에서 하까지'라는 글짓기 놀이를 따라 한 적도 있다.

가나다라 송(song)

가수 비 말고 하늘나라 비 말이다.
나도 저 비처럼 아래로 아래로
다, 더 내려앉아서 어딘가로 흐르고 싶구나.
라디오에선 김태희의 애인이 된 비*가
마~ 대신 「라송(la Song)」을 흥이 나서 부르는데
바깥엔 참았던 눈물 같은 비가 엉엉 내리네.
사람이 그립다는 착각에 빠지는 이런 날은
아무 일도, 말도 말고 막걸리에 파전이나 먹자.
자기 왔어~ 웃으며 우리 집 강생이처럼 반기던 김양 언니 보러 가자.
차림표 안주 중 '한 접시 팔천 원 도루묵'은 홀아비 간만의 영양식.
카 핸들만 한 접시에 남긴 도루묵, 인정 많은 김양이 알아서

* 이 놀이를 할 때의 비는 아직 결혼 전이었다.

내 맘대로
살 아 볼
용   기

싸주었지.

타향살이 외로운 사람들끼리 잔 마주하고

파전 한 접시에 젓가락 부딪히면

하~ 막걸리 한 잔이 떠나간 애인보다 가깝다네.

한때는 '산사춘'도 즐겨 마셨는데 요즘은 주로 맥주다. 불과 얼마 전까지 '세계 맥주 전문점'에서나 볼 수 있던 수입 맥주가 요즘은 집에서 몇 발짝 떨어진 마트나 편의점에도 즐비하니! 병이나 캔 디자인은 또 어찌나 예쁜지, 수집 욕구까지 불러일으킨다. 4캔에 1만 원짜리도 수두룩하다. 하룻밤에 몇 병(혹은 캔)씩 마시고 취하는 건 재미도, 맛도 없다. 집에서 마시는 술은 취하기 위해서가 아니라 즐기기 위해서라 한두 캔 이상 마시지 않는다.

요즘엔 체코와 벨기에 맥주를 자주 마신다. 가격 대비 맛이 고르다. 술 덕후가 아니다 보니 처음엔 밀이 들어갔는지 보리가 들어갔는지도 모르고 마셨다. 속이 냉해 맥주를 마신 다음 날은 변비가 저절로 해결되니 그것으로 만족했을 뿐. 부드럽게 잔에 감기는 거품, 무게감 있는 첫맛, 과일이나 꽃향기 나는 끝맛과 향은 또 뭔가?

간밤에 마신 술병을 들여다보았다. 라거니 에일이니, 주조법은 잘 모르지만 내 위와 입에 잘 맞아 찾아보니 그게 '에일 밀맥주'다. 정통성 없는 내 혀에는 맛을 가르치려 드는 권위적이고 비싼 정통 독일 맥주보다 융통성 있는 맛에 합리적 가격의 벨기에 맥주가 더 좋다. 나는 융통성이 없어도 술은 융통성이 있는 게 좋다.

톡 쏘는 청량감이 느껴지는 라거가 여름에 어울린다면 에일 밀맥주는 봄에 어울린다. 부드러우면서도 묵직한 첫맛과 다양한 향의 끝맛이 좋다. 코젤 다크나 기네스 같은 흑맥주는 가을에 어울리고 호가든과 에델바이스, 윌리안 브로이 바이젠은 봄에 어울린다. 순전히 개인적인 내 입맛이다. 기네스 같은 흑맥주를 마실 때는 데이비드 달링의 「dark wood」를, 호가든이나 에델바이스는 김동률의 노래나 바버렛츠의 「가시내들」, 「봄맞이」가 좋은 안줏거리다.

일상에서의 소소한 행복을 자족하기 위한 내 나름의 규칙은 '작은 절제'다. 마트나 편의점의 맥주 매대에 가면 수많은 세계 맥주들이 나를 유혹하지만 하나에 4000원이 넘는 제품은 사지 않는다. 하루에 500ml 캔(혹은 병) 2개 이상, 이틀 이상 연달아 마시지 않는다는 규칙을 정해놓았다. 비싼 맥주를 사재기해서

매일 마시는 것은 즐거움이 아니라 허영이고 습관이라는 생각에서이다. 습관이나 중독은 즐거움이 아니라 또 다른 구속임을 알기에.

밀맥주와 어울리는 봄 노래들과 책

1. 음악

김윤아, 「봄이 오면」(『유리가면』, 티엔터테인먼트, 2004)

김정미, 「봄」(『Now』, Fontana Records, 1973)

바버렛츠, 「봄맞이」(『바버렛츠 소곡집』, NHN벅스, 2014)

정태춘·박은옥, 「봄밤」(『다시, 첫차를 기다리며』, 유니버설뮤직, 2002)

2. 책

김영민, 『봄날은 간다』(글항아리, 2012)

흑맥주와 어울리는 가을 노래들과 책

1. 음악

숙명 가야금 연주단, 「남몰래 흐르는 눈물」(㈜카카오M, 2007)

알라 푸가초바, 『백만송이 장미』(Melodiya, 1982)

잠비나이, 「나무의 대화2」(커먼, 2010)

Chava Alberstein, 「Secret Garden」(『Foreign Letters』, Naïve Jazz/world, 2001)

2. 책

기형도, 『입 속의 검은 잎』(문학과지성사, 1991)

최승자, 『내 무덤 푸르고』(문학과지성사, 1994)

낯선 세상을 혼자 여행할 용기

지금 못 떠나는 자 모두 유죄!

내 맘대로
살 아 볼
용   기

애인 없는 자, '방콕'하지 말고 떠나라!
-영화「녹색 광선」

'녹색 광선'은 태양이 뜨거나 지기 직전 수평선에 초록의 빛줄기가 보이는 현상이란다. 프랑스에서는 이 자연 현상에 대한 동경 같은 게 있는 모양인지 『해저 2만 리』, 『80일간의 세계일주』로 유명한 쥘 베른이 소설 제목으로 쓰기도 하고, 동명의 영화도 나왔다.

나는 소설은 읽어보지 못했고 우연찮게 에릭 로메르 감독이 만든 영화는 보았다. 영화에서는 녹색 광선이 '진실한 사랑'을 볼 수 있는 매개체로 등장하는데, 그 앞의 긴 여정을 들여다보노라면 '지금 애인 없는 자 유죄!'와 같다. 애인 없는 죄인들은 '방콕'하지 말고 떠나라가 이 영화의 부언이기도 하다.

나는 혼자 하는 여행을 즐긴다. 시간도 없고 돈은 더 없어서 더 많은 곳을 가지 못하는 게 아쉬울 뿐이라 마음만이라도 세상의 온갖 곳을 떠돌아다니라고 스스로를 부추긴다. 그러니 돈도 많고 시간도 많으면서 혼자라서 못 떠난다는 사람들을 보면 안타깝기도 하고 답답하기도 하다. 물론 그들에게도 변명거리는 많다. 지인들이 나에게 들이대는 논리는 비슷하다.

"넌 남편도 없고 자식도 없어서 네 맘대로 편하게 다닐 수 있는 거야."

물론 그 말도 맞기는 하다. 그렇다면 그들에게 남편도 없고 자식도 없었던 때, 그러니까 그들이 결혼하기 전에는 혼자 자유롭게 여행을 떠났을까? 그들은 여자 혼자 낯선 곳을 돌아다닌다는 두려움 외에 혼자 밥 먹고 혼자 구경하고 혼자 자야 하는 것을 견디지 못한다. 혼자라는 외로움과 자신이 남들 눈에 불쌍하게 보일 수도 있다는 사실이 두려운 것이다.

실상 사람들은 누가 혼자 다니건, 여럿이 몰려다니건 별 관심이 없다. 잠깐 호기심을 보여봤자 그곳을 떠나면 만날 일이 거의 없는데 무슨 상관인가? 나는 남들 신경 쓰지 않고 다닐 뿐이고, 당신들은 그런 나를 부러워하면서 집에 있을 뿐이다.

영화 「녹색 광선」을 보기 전까지는 유교권 국가에서나 여자 혼자 가는 여행을 불편해하는 줄 알았는데, 자유롭고 자립적인 여성들이 많기로 손에 꼽히는 프랑스도 마찬가지인 모양이었다. 한국에서 '한 달 휴가'는 출산 휴가 말고는 해당 사항 없는 꿈 같은 이야기이지만 그 꿈이 악몽인 사람이 바로 이 영화의 주인공이다. 갈 곳도 없고 만날 이도 없는 외로운 사람에게 명절이 소외감을 한층 각인시키는 우울한 연휴인 것처럼 「녹색

영화 「녹색 광선」(에릭 로메르 감독, 1990)의 한 장면

광선」의 주인공 델핀에게 한 달짜리 휴가는 고역이다. 혼자 떠나는 여행은 싫고 친구들이 소개해준다는 남자도 싫다. 가족 여행도 패키지여행도 다 싫다. 혼자만의 시간을 즐길 모험심은 없는데 낯선 데다 마음에도 들지 않은 사람과 함께 시간을 보내는 것도 불편하다.

　이도 저도 다 싫으면 그동안 밀린 잠이나 푹 자고, 파리에서 산다니 에펠탑, 센강, 몽마르트르 언덕, 루브르 박물관만 돌아다녀도 한 달은 금방 가겠구먼, 영화 속 프랑스 사람들은 '휴가=먼 여행'이란 강박에 걸린 사람들 같다. 하기야 일주일 휴가도 제대로 못 내는 한국에서도 "너, 이번엔 어디 가니?", "누구랑 가니?"에 대한 그럴듯한 대답을 마련하느라 여행을 간다는 사람도 있으니, 한 달 휴가가 당연한 곳에서 '방콕'이나 한다면 '못난 놈' 취급을 받기도 하겠다. 혼자 여행도, 패키지여행도 다 괜찮아 하는 내가 프랑스 사람이 아닌 게 안타까울 뿐이다.

델핀은 상대가 남자든 여자든 쉽게 만나 쉽게 친해지고 쉽게 헤어지는 만남이나 관계를 부정한다. 내적으로 친밀하고 진실한 관계를 원하며 그런 사랑을 기다리지만, 사람을 가리면서 기다리기만 하고 직접 다가서지 않으니 늘 외롭다. 대인관계 많은 비서가 직업이지만 내성적이면서 소극적인 성격 탓에 대인관계에 어려움을 느낀다. 함께 휴가를 떠나기로 한 친구가 약속을 깨면서 긴 여름휴가는 즐거운 시간이 아니라 처치 곤란하고 우울한 시간이 되어버렸다. '꼰대남' 많기로 소문난 대한민국에서 금기시하는 질문으로 '애인 있냐?'를 정했다는 영화배우 권해효 같은 사람도 있건만, 개인의 자유와 사생활을 그 무엇보다 존중한다는 프랑스에서 그녀는 "애인은 있니? 없으면 소개해줄까?"라는 주변 사람들의 배려(?)에 시달린다.

영화 초반부는 내성적이고 소심한 주인공의 성격을 우유부단하고 우울하게만 묘사해 '아이고, 저러니 같이 휴가 갈 친구도 애인도 없지'라고 수긍하게 한다. 특히 관객이 주인공에게 감정이입을 하지 못하도록 차단하며, 여러 사람들과의 대화를 통해 사람들이 자신과 다른 생각과 취향을 가진 사람에게 어떻게 반응하는지 보여준다.

영화 속에는 특별히 나쁜 사람이 등장하지 않는다. 그러나 그들 모두 자신과 비슷한 사고나 취향을 갖는 게 세상을 살아가는 정도나 정답이라도 되는 듯 끊임없이 주인공을 훈계하거나 동정한다. 반면 주인공은 대인기피증에 관계 부적응자처럼 묘사되지만 타인에 대해 함부로 판단하거나 비판하지 않고 자기주장만 옳다고 고집하지도 않는다.

타인의 취향 존중하기

델핀과 주변 사람들의 서로 다른 사고와 취향이 여실하게 드러나는 대목이 델핀이 사람들과 '육식과 채식'에 대해 이야기를 나누는 장면이다. 친구 집에서 식사를 하던 중 사람들이 델핀에게 고기를 권하자 그녀는 어릴 때 동물의 피를 본 후 고기를 먹을 수 없게 되었다고 말한다. 그러자 그 자리에 있던 모든 사람들이 그녀를 까다롭고 별난 사람으로 몰아붙이며 무례한 질문과 훈시로 그녀를 곤혹스럽게 한다. 정작 채식주의자인 그녀는 육식과 육식주의자들에 대해 어떤 비난도 하지 않는다. 소심하고 사람들의 말에 쉽게 상처받는 그녀가 하는 대응은 고작 이런 정도이다.

"정확하진 않지만 물론 틀릴 수도 있죠. 하지만 전 제 방식대로 음식을 먹어요. 이런 건 생각의 차이니까 답을 낼 수는 없어요."

영화 속에서 델핀의 주변 사람들은 외형적으로는 그녀의 이야기에 귀를 기울이는 듯 보이지만 사실은 전부 자기 이야기를 하느라 급급하다. 휴가를 받았는데 같이 갈 사람이 없다는 델핀에게 충고까지 하고는 "그런데 일은 안 하니?" 하는 식이다.

다수의 생각과 취향이 같지 않은 소수에 대한 편견은 '톨레랑스'의 나라로 알려진 프랑스에서도 어쩔 수 없는 정서나 시각인가 싶기도 했다. 우리말 '관용'에 해당하는 톨레랑스는 나와 다른 생각, 신념도 인정하고 받아들인다는 태도다. 관용이란 어쩌면 동등한 입장에서 서로를 이해하고 수용하는 게 아니라 다수파인 권력자가 내가 너보다 좀 낫다는 우월적 입장에서 베푸는 태도일 수도 있겠다는 생각이 든다. '다수인 우리 생각이 맞지만 소수인 네 생각을 들어줄 수는 있어. 그렇지만 네가 이상한 건 맞아'와 같은.

델핀은 잘 알지도 못하면서 다수의 논리가 정답인 양 타인을 쉽게 판단하고, 외로움을 모면하기 위해 아무나 만나 실없이 떠드는 관계를 '우울한 파티에 혼자 앉아 있는 심정'이라며 불편해한다. 영화 속에서 델핀의 주변 사람들은 나름 그녀에게 잘해주려고도 하지만 대부분 가벼운 만남에 만족해라, 다 그렇게 만나면서 살아간다고 충고한다.

사람을 믿는 게 잘못이라고요?

함께 여행 갈 사람을 찾지 못한 델핀은 혼자 여기저기 배회한다. 그리고 인파로 넘치는 휴양지 해변에서 선탠을 하다 혼자여러 나라를 여행 중이라는 또래의 스웨덴 여성 엘레나를 만난다. 소심하고 내성적인 그녀와 달리 엘레나는 새로운 사람과 장소에 대한 호기심이 많고 적극적이며 활달하다. 자신 있고 활기찬 면에 호감을 느껴 함께 시간을 공유하며 자신의 마음 한쪽을 내보이는 그녀에게 엘레나가 충고한다.

"믿음은 쉽지 않아요. 나는 믿는 대신 즐기죠. 좋아하는 사람이 있으면 마음을 드러내면 안 돼요. 그저 즐길 뿐이죠. 조금 냉소적으로 행동하고 뒤에 결론을 내리는 거죠."

남들이 이해하지 못하는 외로움에 자주 울고, 외롭다고 아무 말이나 막 하고 아무나 섣불리 만나기는 싫다는 델핀에게 엘레나는 사람을 믿지 말고 즐기라고 한다. 그리고 카페에서 모르는 남자들과 합석하며 오늘 어떻게 놀지 시시덕거린다. 진심으로 서로를 이해하는 진실한 관계를 원하던 델핀은 또 한 번 상처받고 그 자리를 뛰쳐나온다.

사람들은 그녀에게 마음을 열고 너 자신을 보이라고 이구동성으로 충고하면서도 그녀가 '사람들을 잘 관찰하고 사람들의 말을 잘 듣고 사람들을 믿고 싶고 믿음을 이해하는 사람을 만나고 싶다'는 진심을 내보이면 그런 건 필요 없고 그저 순간순간을 즐기면 그만이라고 한다. 델핀은 "내겐 (마음 말고는) 아무것도 없는데 뭘 자꾸 보여달라고 한다"며 울음을 터트린다. 진지한 만남, 사랑을 기다리는 그녀에게 관심을 보이는 남자들은 그저 여자 한 번 꾀어 하룻밤 어떻게 보내려고 수작을 거는 허튼 놈들뿐이다.

엘레나와의 만남에서 다시 한번 상처를 받은 델핀은 사람들에 대한 흥미를 잃고 파리로 돌아가기 위해 역으로 가서 기차표를 끊는다.

모든 것을 포기하고 완전한 절망 상태가 됐을 때 절실히 기다리던 그 어떤 것이 찾아오기도 하는 걸까? 파리로 돌아가긴 싫지만 더 방황하기도 싫은 그녀는 콩밭에 간 마음으로 책을 읽지만, 눈에 들어올 리 없다. 그런데 맞은편 의자에 앉은 남자가 자꾸 그녀를 쳐다본다. 그녀가 읽던 책을 매개로 두 사람의 대화가 시작되고, 처음으로 타인과의 관계에서 적극성을 발휘한 델핀은 그 남자의 목적지인 낯선 마을로 같이 간다.

우정과 사랑을 숫자로 자랑하던 사람들만 봤던 델핀에게 그는 "나는 아직 사랑을 한 번도 안 해봤으며 진실한 사랑을 하고 싶다"고 솔직하게 말한다. 순수한 그를 보며, 몇 번 보지도 않은 남자 이름을 대며 나도 애인이 있다고 둘러대기 바쁘던 델핀도 자신의 진심을 토로한다.

"좋아하지도 않으면서 많은 사람들과 사귀는 거 정말 지겹고 재미없는 짓이에요. 끔찍한 거예요. 혼자 있으면 꿈도 간직하고 얼마나 자유스러워요. 순수하게 사는 게 제일 좋은 것 같아요. 꿈을 망치고 에너지를 소모하는 것보다는 그런 꿈속에 사는 게 더 좋지 않겠어요?"

"눈에 보이는 것만이 진실은 아니야"

그녀는 처음으로 자신의 말을 이해해주는 사람과 마주한 그곳에서 자신이 행운의 색이라고 여겼던 '녹색'의 여러 흔적, 징조를 보게 되고 드디어 아무나, 아무 때나 볼 수 없다는 녹색 광선까지 보게 된다. 녹색 광선은 해가 지는 순간 길어야 1분, 짧으면 몇 초에 불과한 찰나의 순간에만 겨우 볼 수 있다.

비아리 해변에서 노인들이 녹색 광선에 대해 이야기하는 장면이 나온다. 한 노인은 한 번도 보기 어렵다는 그것을 다섯 번이나 보았다고 한다. 노인의 녹색 광선 이야기는 과학적 사실을 설명하는 것이지만 그 속엔 눈에 보이는 것만으론 알기 힘든 진실과 믿음을 얘기하는 의미심장함이 있다. 요약하면 이런 것이다.

'녹색 광선은 안개가 낀 날은 보기 힘들고 대기가 아주 깨끗해야 한다. 그건 빛의 굴절현상으로 태양은 우리 눈으로 보는 것과 다르다, 사실은 더 밑에 있는데 빛이 대기에서 휘어서 수평선 위로 떠오른 것같이 보이는 것이다. 태양이 수평선 밑에 닿을 땐 이미 태양은 수평선 밑에 있지만, 우리 눈에는 약간 올라가게 보이는 거다. 그게 첫 번째 이유고 두 번째 이유는 빛이

퍼지면서 가져오는 스펙트럼 현상이다. 색 중에서 가장 휘는 빛이 녹색이다.'

감독은 꽤 긴 시간을 할애해 녹색 광선에 대해 이야기하는데, 그 말들이 내게는 '눈에 보이는 것만 사실이라고 믿고 보이지 않는 내면엔 무관심한' 인간들의 얕음을 지적하는 것 같았다. 또 해가 질 때 볼 수 있다는 말은 진실은 빛과 어둠 사이에 있으며, 색들 가운데에 가장 '휘는' 빛이 녹색인 것은 진실이나 간절한 기원은 눈앞에 바로 드러나지 않는 것이라는 말 같았다.

'진실은 있다'라고 믿는 순수한 마음을 가진 사람에게만 보이지만 그저 '기다리기만' 하는 자에겐 어떤 특별한 경험이 찾아오지 않는다. 믿음 없이 행동하기만 하는 자에게도 특별한 순간은 찾아오지 않는다. 녹색 광선-진실, 사랑, 믿음-이 있다고 믿으면서 그것을 찾아다니는 사람만 가까스로 볼 수 있는 것이다.

문학적이고 철학적인 영화를 본 뒤의 감상으로는 다소 뜬금없지만 방송인 김제동의 말이 생각난다. 오래전에 들은 말이라 정확하지는 않지만 대충 이런 내용으로 기억한다.

"간절함과 행동이 같이 가야 그 간절함이 이루어진다. 로또 당첨은 간절히 바라면서 로또는 한 번도 사지 않는 사람의 간절한 기원은 절대 이루어지지 않는다. 로또 당첨을 바라면 우선 로또부터 사라! 기원은 그다음이다."

영화 「녹색 광선」에서 주인공은 '녹색'을 행운의 색이라고 믿는다. 그녀가 바라는 행운은 진실한 관계와 사랑이다. 녹색 광선은 자신의 어떤 기원을 확신하고 그것을 실천하는 자에게만 찰나처럼 지나가는 것으로, 델핀이 끝끝내 어떤 관계를 기다리기만 하고 움직이지 않았다면 결코 보지 못했을 광경이다.

외롭지 않기 위해 가벼운 만남을 즐기면서 같은 생각과 취향을 강요하는 사람들 사이에서, 델핀은 진실하지 못할 바에야 외롭지만 자유로운 고독을 택하겠다고 울부짖는다. "사막에서 혼자 사는 것이 사람들 사이에서 혼자 사는 것보다 훨씬 덜 힘들다"라고 말했던 루소처럼.

비록 우리에겐 한 달 휴가가 언감생심이지만 단 며칠의 자유 시간이라도 주어진다면 혼자라고 두려워하지 말고 떠나자. 떠난 그곳에서 비록 『백치』를 읽고 있는 문학청년을 만날 수도 없고 진실을 알아볼 수 있는 녹색 광선도 볼 수 없겠지만, 뭐 어떤가. 일몰을 보면서 다시 집으로 돌아갈 나를 위로할 작은 힘이라도 얻을 수 있다면 좋지 않겠는가.

내 맘대로
살 아 볼
용   기

영화 「녹색 광선」의 한 장면

'진실은 있다'라고 믿는
순수한 마음을 가진 사람에게만 보이지만
그저 '기다리기만' 하는 자에겐
어떤 특별한 경험이 찾아오지 않는다.
믿음 없이 행동하기만 하는 자에게도
특별한 순간은 찾아오지 않는다.
녹색 광선-진실, 사랑, 믿음-이 있다고 믿으면서
그것을 찾아다니는 사람만
가까스로 볼 수 있는 것이다.

영화 후반부에서 델핀이 보던 책은 『백치』이다. 백치의 주인 공은 약삭빠르고 제 잇속 챙기기 급급한 사람들 틈에서 세상 물정과 상관없이 혼자 순수하고 솔직하지만 그 순수함에 제 발이 걸려 무너지는 인물이다.

홍상수 감독의 영화 「밤의 해변에서 혼자」(2017)의 한 장면

 **같이 보면 좋을 책 혹은 영화**

도스토옙스키, 『백치』

「낮술」(노영석 감독, 2009)

「밤의 해변에서 혼자」(홍상수 감독, 2017)

내 맘대로
살 아 볼
용 기

영화를 보는 내내 홍상수의 영화를 보는 듯한 기시감이 자주 들었다.
이를테면 이런 것들…. 표현 방식이나 주제가 문학적이다.
주인공은 여러 사람을 만나고 여러 장소를 왔다 갔다 한다.
남자들은 한결같이 순수한 여자 주인공에 반해
'이 여자와 오늘 밤 한 번 자야겠다는' 생각이
만면에 다 드러나는 찌질한 놈들이다.
등장인물들은 식탁에 둘러앉기만 하면 사랑과 철학을 이야기한다.
홍상수는 주로 술자리 대화,
에릭 로메르는 밥자리에서의 대화라는 게 좀 다르지만.
책이 주요 소품으로 나오고 그 책은 영화의 주제와 연결된다.
화려한 이미지보다 대화 중심으로 영화를 끌고 나간다.
극적인 음악보다는 주위의 소음, 파도나 바람소리를 집어넣어
인물들의 심리나 상황을 보여주고
카메라를 줌인, 줌아웃하면서 주인공의 불안하거나
거짓된 심리를 보여주는 기법까지 그랬다.
이름이 생소해 영화를 다 보고 나서 검색을 했더니,
아니나 다를까 홍상수가 가장 좋아하는 프랑스 감독이고,
외국 평론가들 중에 홍상수를 '한국의 에릭 로메르'라고
평가한 이도 있었다. 홍상수가 우리나라보다
프랑스에서 더 인기 있는 이유를 발견한 셈이다.

꿈 없이도 잘 살 용기

모두가 달릴 때 나는 걷는다

내 맘대로
살아 볼
용 기

꿈이 없다고 한심한 삶은 아니다

도로에서 가장 느리게 달리는 차는 항상 나다. 그래서 내 뒤에 오는 차들은 거의 어김없이 클랙슨을 누르며 답답해하다가 쌩, 하고 추월을 하곤 한다.

'니네는 좋겠다. 그렇게 급한 일, 중요한 일, 가치 있는 일이 있어서. 그렇게 미친 듯이 가야 할 곳이 있어서.' 오늘도 나는 가장 느리게 달린다.*

*이석원, 『보통의 존재』(달, 2009)

영화 「걷기왕」(백승화 감독, 2016) 포스터

『보통의 존재』라는 책 속 한 문장이다. 읽은 지 오래돼 세세한 내용은 가물가물하지만 '느림과 꿈'에 대한 내용들이 기억에 남는다. '세상에는 꿈 없이 사는 사람도 많다. 모두가 국가대표나 대표팀의 감독을 꿈꾸지도 않고 그렇게 될 수도 없다. 관객도 있어야 한다. 하루하루 자기만의 속도와 소소한 재미로 살다 보면 꿈이란 게 생길 수도 있고 안 생기면 또 뭐 어떤가. 관객으로 살면 돼…'라는 내용으로 기억한다.

영화 「걷기왕」을 보면서 『보통의 존재』에서 읽었던 내용이 생

내 맘대로
살아볼
용기

각났다.

많은 사람들이 아주 당연하다는 듯이 말하는 게 있다. "사람은 꿈이 있어야 한다, 누구나 다 한 가지 꿈은 가지고 있다"고. 심지어 꿈이 없으면 살아도 산 것이 아니라거나 죽은 것이나 마찬가지라고도 한다. 남의 삶을 함부로 재단하고 판단하는 것은 자유다. 그것을 머릿속으로만 생각하면 편견에 불과하지만, 입밖으로 내뱉으면 막말이 되기도 한다. 별 꿈 없이 하루하루 묵묵히 살아가는 수많은 사람들에게 그런 말은 겁박이나 다름없다. 꿈 없이 사는 자신이 마치 죄인 같기 때문이다.

「걷기왕」 속의 담임선생도 그렇게 이야기한다.

"중요한 건 꿈을 가진 열정과 간절함"이고 "간절히 원하면 온 우주가 나서서 도와준다"고.

"너무 힘들면 거기서 멈춰도 돼"

주인공 만복은 별 꿈이 없다. 선천적 멀미 증후군으로 인해 차를 전혀 탈 수 없어 매일 왕복 4시간을 걸어 등하교한다. 새벽에 나와도 늘 지각이고 아침저녁 2시간씩 걷느라 피곤해서 수업 시간이면 곯아떨어지기 바쁘다. 개그맨 박명수의 말마따나

"일찍 일어나는 새가 더 피곤하다."

일상은 피곤하고, 걷는 것 말고는 잘하는 게 하나도 없지만 큰 불만 없이 낙천적으로 살아간다. 그런 평화로운 만복에게 어느 날 경보(警報)가 울린다. 열정적인 담임은 가장 좋아하는 책도 『꿈과 열정, 가난을 이긴 성공의 비밀』인데 만복에게 그것을 주문한다.

"넌 잘 걸으니 경보 선수가 되면 잘할 거야"라는 담임선생의 칭찬에 고무된 만복은 처음으로 꿈과 열정을 가져보기로 한다. 꿈 없이 살던 만복에게 많은 일이 일어난다.

그런데 경보 이야기가 주축인 이 영화의 제목은 왜 '경보왕'이 아니고 '걷기왕'일까?

'경보'의 한자어에는 스포츠 종목인 걷기를 겨루는 '경보(競步)' 말고 '경보(頃步)'도 있다. '한 걸음의 절반인 반걸음'이라는 뜻과, '갈아놓은 밭의 한 두둑과 한 고랑을 아울러 이르는 말'이라는 두 가지 뜻으로 쓴다. 나는 이렇게 해석했다. 남이 한 걸음 빨리 걸을 때 나는 느리게 반걸음 걸어도 괜찮아. 갈아놓은 밭은 두둑도 있고 파인 고랑도 있는데 빨리 걷고 뛰다 보면 넘어지기 십상이지. 소는 느리게 천천히 밭 몇 이랑을 다 일구잖아. 아! 그래서 이 영화의 전후반에 소를 등장시켰나? 감독이 경보의 여러 한자어를 알고 썼는지, 소를 그런 의미로 썼는지는 모

"너무 힘들면, 죽을 것 같으면 거기서 멈춰도 돼.

포기하는 나를 너무 닦달하지 말고 쉬어도 돼.

그게 결승전 한 바퀴를 남겨둔 지점이래도

내가 행복하지 않으면 그만이야.

(……)

인생은 육상이 아니야.

육상은 정해진 길을 찾아가는 거지만

인생은 자기만의 길을 찾아 헤매는 과정이거든."

르겠지만 내게는 그런 의미로 해석됐다.

이 영화에선 '경보는 뛰고 싶은 것을 참는 것'이라고 하더라.

만복이 잘하는 것은 '걷기'지 '경보(競步)'가 아니다. 걷기는 주로 혼자서 자기만의 속도로 걷는 거고 경보는 걷기를 '겨루고' '쫓는' '경쟁'이다. 나만의 속도로 걸으면 안 되고 '남의 속도'를 살피며 '쫓아가고 앞서가야' 되는 경쟁인 것이다. 만복은 그동안 누구를 이기지 않아도 불행하지 않았고 누가 쫓아와도 불안하지 않았다. 그런데 경보를 하면서 불안해졌다. 이제 남보다 몇 보라도 앞서야 편하고 누가 쫓아오면 불안하다. 경보(競步)를 하면서 만복의 인생에 경보(警報)가 켜진 셈이다.

걷는 건 누구나 하지만 경보는 아무나 안 한다. 경보는 특별한 날 특별한 목표가 있지만 걷기는 별 목표가 없는 일상의 평범한 행위다. 이 영화는 남보다 조금 늦게 걸어도 자기만의 속도로 느끼는 행복이 최고라고 말한다. 미리 정해놓은 꿈이 없어도 잘 살 수 있다는 것, 느리지만 내가 나로 살고 자신한테 편할 때 꿈이나 열정이 생길 수도 있다는 것, 설혹 꿈이 없어도 다 저 나름의 삶을 꾸릴 수 있다고 말하는 것 같다.

인생은 자기만의 길과 속도를
찾아가는 여정이다

영화는 '자기만의 속도와 평범한 행복감'에 대해 말하면서 맹목적 '열심히'와 꿈을 강요하는 어른들을 비판한다. 각자의 능력과 처지, 성격을 고려하지 않은 꿈과 노력의 강요가 무책임하다는 것이다.

영화 속 담임선생은 자신의 열정에만 사로잡혀 학생들에게 습관적으로 꿈을 주문한다. 차멀미가 심해서 걷는 학생에겐 경보를 강권하고 피리를 들고 있다는 이유만으로 피리 연주가가 되라는 꿈을 불어넣는다. 늦게 출발해서 일찍 출발한 사람들과 같이 가는 게 너무 힘든 만복에게 '꿈과 열정을 향한 간절함'이 부족해서 그런 거라며 다그친다.

"만복아, 노력엔 끝이 없단다. 간절히 원하면 우주가 나서서 도와준다."

그런데 담임선생이 말하는 꿈과 열정은 어떤 걸까? 담임선생의 애독서라는 『꿈과 열정, 가난을 이긴 성공의 비밀』이란 책 제목이 말하는 '~을 이긴 성공의 비밀' 같은 것?

'느려도 괜찮아. 꿈이 없어도 괜찮아'라는, 자신을 기준으로 한 만복의 부사적·형용사적 행복관과 달리 담임선생이 말한

꿈은 누군가를 이기고 누군가의 평가를 기준으로 한 명사적 꿈은 아니었을까? 경보 선수, 피리 연주가, 수재 같은. 누구나 경보 선수, 피리 연주가, '공부가 가장 쉬운' 수재는 될 수 없다. 세상에는 응원단, 관객, 제자, 둔재가 더 많고, 그렇게 살아도 행복한 삶, 사회가 좋은 것이다.

'개천의 용'이 많은 사회가 좋은 게 아니고 '개천의 이무기'로도 행복하게 사는 사회가 좋은 것이다.

영화는 각자 타인의 삶을 인정하고 "노력해도 안 되는 것이 있다"고 말한다. 노력해도 안 되는 게 있다는 현실을 포장하지 말고, 안 돼서 멈추거나 돌아가는 것을 무능력이나 죄로 치부하지 말라는 것. 담임선생은 장래 꿈이 '공무원'이라는 만복의 짝 지원에게 더 원대한 꿈을 꿔야 한다고 훈시한다. 참고 네 한계를 더 이겨내라는 선생에게 지원은 말한다.

"공무원은 쉬운 줄 아세요? 뭘 자꾸 이겨내야 돼요? 힘들어 죽겠는데! 왜 참아야 해요!"

보통은 아홉 바퀴 돌고 한 바퀴만 남았으면 "죽을힘을 다해 빨리 도착해라. 남보다 한 걸음 먼저!"라고 할 테지만 이 영화에선 반대로 말한다. "목숨 걸고 하면 다 된다"며 목숨을 걸라는 겁박 대신 "목숨 걸고 하면 죽을 수도 있다"고 말한다. 멈춤의

미학, 돌아섬의 위로를 건넨다.

"너무 힘들면, 죽을 것 같으면 거기서 멈춰도 돼. 포기하는 나를 너무 닦달하고 혼내지 말고 쉬어도 돼. 그게 결승전 한 바퀴를 남겨둔 지점이래도 내가 행복하지 않으면 그만이야."

그렇다고 이 영화가 무조건 '아무것도 안 함(만)을' 권장하고 예찬하는 것은 아니다. 내 한계, 희망과 꿈도 좌절해봤을 때 선명해지는 것처럼 만복도 넘어진 다음에야 경보가 제 꿈이 아니라는 것을 깨닫는다. 주위의 강권이 아닌 자신의 의지대로 꿈을 정해 육체적 한계에 도전하고 극복하려는 주희 같은 인물도 나오고, 공무원이란 현실적 꿈을 정하고 노력하는 지원도 나온다. 이 영화는 꿈의 유무, 타인의 평가와 시선이 중요한 게 아니라 각자 '자기만의 길과 속도를 찾자'라고 말한다.

"인생은 육상이 아니다. 육상은 정해진 길을 찾아가는 거지만 인생은 자기만의 길을 찾아 헤매는 과정이다."

나무늘보(출처/픽사베이)

내 맘대로
살 아 볼
용   기

"나무늘보가 지구를 한 바퀴 돌려면 얼마나 걸릴까요?"

"다 돌기 전에 죽겠지만, 나무늘보는 절대로 그런 짓은 하지 않을 겁니다."

한 인터넷 포털사이트에서 본 질문과 답변이다.

나무 위에서 하루 18시간 잠을 자고,

한 시간에 900m를 이동하는 세상에서 가장 느린 동물 나무늘보.

나무늘보가 힘든 짓은 절대로 하지 않는 자족과

낙천적 삶을 즐기는 것은 태생일까, 아니면

신체나 기후, 환경 같은 후천적 요인 때문일까?

모두가 나무늘보처럼 살면 발전이란 것은 없겠지만,

가끔은 그 발전이 멈춘 곳에서 나무늘보처럼

살고 싶은 꿈을 꾸는 이는 나뿐일까?

소수자로 살 용기

단절과 소외를 기꺼이 받아들이고

남들과 다르게 살 수 있는가?

내 맘대로
살아볼
용 기

다르면 배척한다
-그림자를 판 사나이

언젠가부터 나의 가장 큰 염원은 '백수 생활자'다. 오랜 세월별 실속도 없이 일 귀신으로 살아온 반작용 같다. 오죽하면 개인 블로그 간판에 '하얀 손, 까만 발, 가벼운 배낭'을 걸었을까. 일하지 않는 '하얀 손[白手]'이 되어 의무와 책임감 따윈 다 비운 '가벼운 배낭' 하나 메고 길 위를 '까만 발'이 되도록 돌아다니자는 장구한 염원이다. 백수가 되면 발이 까매지도록 돌아다닐 것 같았는데, 막상 하얀 손이 되고 보니 먹고살 걱정에 속이 까맣게 타들어가 일 귀신으로 살 때보다 몸도 마음도 더 무겁긴 했다.

하루 열서너 시간, 한 달에 서너 번 겨우 쉬던 일 귀신으로 살 때는 훌쩍 잘 떠났다. 시간이 맞으면 친구와 같이, 안 되면 혼자서도 여기저기 돌아다녔다.

'어마씨'는 "그래, 죽어라 일하고 하루 겨우 쉬는 날 푹 쉬지 뭔 귀신이 들리가 또 기나가노?" 하고 타박도 했지만, 나는 '귀신이 안 되려고' 집 밖으로 기어나간 것이었다. 길과 풍경 속을 걷는 동안은 일 귀신으로 '살아내던' 내가 사람으로 비로소 '살아나는' 시간이었다.

가벼운 배낭 속 책 한두 권은 좋은 길동무였다. 지친 다리를 잠시 쉬던 찻집, 한밤중 낯선 숙소에서 그 동무들은 말없이 내 앞에 앉았다. '까만 발'로 살고 싶은 마음이 굴뚝같을 때도 손에 침 묻혀가며 내 방 침대에서 다른 나라, 다른 세상을 떠도는 사람들의 이야기를 벗 삼아 세계를 여행하기도 했다.

그런 책들 가운데 『그림자를 판 사나이』란 소설도 있다. 책 표지 제일 위쪽 한구석에는 '책벌레만 아는 해외 걸작'이라고 새겨져 있다. 이 책을 알아본 덕분에 나는 졸지에 '책벌레'로 등극한 셈이다. '벌레 같은 인간' 하면 참 기분 나쁜데 '책벌레', '공붓벌레'는 칭찬의 말이니, 확실히 '글'을 우대하는 세상이 맞나 보다. 심지어 '일벌레'라는 말에도 칭찬의 이면엔 약간의 경멸 같은 것이 담겨 있지 않은가? 이 책은 마침 백수의 구직 이야기로 시작한다.

먼 항해를 끝내고 육지에 도착한 페터 슐레밀. 재산이라고는 친구의 '채용 추천장'이 전부다. 추천장을 들고 소개받은 백만장자의 집에 찾아가 주인장의 비위를 맞추며 전전긍긍한다. 마침 돈 자랑질이 분명한 파티가 한창이었는데, 슐레밀은 기이한 광경을 목격한다. 파티에 참석한 사람들이 뭐가 없다거나 부족하다는 말을 꺼내기가 무섭게 양복 주머니에서 작은 면봉부터 양탄자, 안장 깔린 말 몇 마리까지 척척 꺼내는 남자가 있었던 것. 그런데 그렇게 크고 많은 물건이 어떻게 그 주머니에 다 들어갔는지, 그가 뭘 하는 사람인지 놀라거나 궁금해하는 사람은 없었다.

백만장자의 입에서 일자리에 대한 확답을 못 들은 슐레밀이 낙심해서 그 집을 나오는데 파티에서 본 이상한 남자가 따라온다. 그리고 "써도 써도 줄지 않는 황금 주머니를 줄 테니 네 그림자를 다오"라고 제안한다. 자존심도 내팽개치며 일을 구걸했던 슐레밀은 뒤도 돌아보지 않고 제안을 받아들인다. 남자는 황금 주머니를 넘겨주며 "1년 뒤에 다시 오겠다. 나를 부르고 싶으면 그 황금 주머니를 흔들어라" 하고 말한 뒤 사라진다.

마법의 황금 주머니가 생긴 페터는 예상 밖의 경험을 한다. 황금의 단맛은 의외로 짧고, 쓸모없어 보이던 그림자의 자리는 너무 컸다! 처음엔 황금이 그의 인격과 신분을 순식간에 상승시켜 사람들이 그를 둘러쌌다. 그러나 그는 빛이 없는 시간과 장소에서만 한정적으로 움직여야 했고 자신의 실체를 누구에게도 말할 수 없는 고독하고 고립된 신세가 된다. 비밀은 오래가지 못해 그림자가 없다는 것이 발각되고, 그에게 돈과 은혜를 받았던 모두가 등을 돌리고 그를 배척한다. 혼인을 약조했던 여자에겐 파혼당하고 공금 횡령을 모른 척 해주었던 하인에겐 애인까지 빼앗기고 마을에서 추방당한다.

'남들은 다 갖고 있는 게' 없는
'이상한 소수자'

악마가 지금 내 앞에 나타나 화수분과 내 그림자를 바꾸자고 제안하면 나는 어떻게 할까? 일 귀신으로 사는 것이 지겨워 백수 생활자를 오매불망하는 내게 화수분을 준다면 '옜다, 잘 보이지도 않고 별 쓸모도 없는 그림자 따위'라며 냅다 바꿀 것 같다.

그림자는 이 책에서 어떤 의미일까? 그림자가 대체 무엇이길 래 모든 것을 가질 수 있는데도 단지 그림자가 없다는 이유만으로 사람들에게 배척당하고 살던 곳에서 추방당하는 걸까?

책 내용을 보면, 그림자가 없어진 것 외에 주인공에게 달라진 것은 없다. 일상의 생활도 전과 같고, 희로애락의 감정도 그림자가 있을 때와 같다. 달라진 건 그림자를 가진 사람들의 평가와 태도다. 이 책 끝에 붙은 해설서에는 그림자를 '황금만능주의'에 대한 비판, '자기 존재 가치와 중요성'의 상징, '인간 소외' 등으로 해석하던데, 나는 그런 의미보다 인류의 역사에서 빠질 수 없는 '구별 짓기'나 '소수자 차별'의 상징 같은 것으로 여겨졌다.

다수의 공장식 삶이 정답인 세상에서는 '많은 사람에게 있는 것'이 없거나 '없는 것이 있으면' 비정상(인)이 된다. 예를 들면 고아, 장애인, 동성애자, 한부모 가정, 미혼·비혼자, 난민… 등등은 이 사회에서 남들은 다 있는, 있어야 할 것이 없는 소수자들이다. 그들은 그들 자체로는 아무 이상 없고 사회적 역할도 잘 수행하지만 양부모 가정, 육체적 비장애인, 이성애자, 기혼 가족의 눈에는 '부족한 인간'일 뿐이다.

그래, 너희도 우리와 같은 사람은 맞지만 '남들은 다 가지고 있는, 다 하고 사는 게' 없는 '이상한 소수자'일 뿐이다. 그림자가 없다는 것은 일종의 장애나 주홍 글씨 같은 낙인이다. 마치 투명인간과 같다. 투명한 물체, 대상은 그림자가 없다.

눈앞에 있는 사람을 없는 사람 취급할 때 흔히 '투명인간' 취급한다고 하지 않은가? 투명인간은 스스로는 존재해도 남에게는 보이지 않으니 오히려 '불투명한' 존재다. 모두가 다 가진 그림자가 없다는 건 보편성의 결여를 의미하기 때문에 사회적으로 격리되거나 추방의 조건이 된다.

슐레밀의 비밀을 눈치 챈 사람들이 "그림자가 없다고 실토하라"고 강요하는 장면은 약자나 소수자를 강제로 커밍아웃시키는 것과 같다. 동성애자에게 성적 취향을 고백하게 하고 가난한 아이와 노인에게 가난 증명서를 요구하며 "너거 아버지 뭐 하시노?" 따위를 묻는 강제적 커밍아웃 말이다.

그림자의 상실을 내면성의 문제로도 해석하지만 책 속 대화를 곱씹어보면 그림자는 오히려 외적 상징과도 같다. '돈보다 중요하다'는 그림자는 우리 눈에 보이지 않는 영혼, 정신, 소외감 같은 내면이 아니다. 사람들이 슐레밀을 배척하는 것은 모두가 가졌고 모두의 눈에 보이는 그림자, 즉 외면적 이유 때문인 것이다. 그림자는 너와 내가 '같은 부류'라고 서로 인정할 수 있는 가시적인 표상이자 '내가 사람들 사이로 섞여 들어갈 수 있는' 보편적 인장 같은 것이다.

또 이 책은 돈의 가치나 중요성을 비하하지 않는다. 부자일수록 그림자가 더 필요하다고까지 말한다. 돈보다 중요한 것은 사회적 '소속감과 타인의 인정'인데 부자일수록 그런 것이 더 필요하다고 강조한다. 많이 배우고 모으는 것은 결국 '인정 욕구' 때문이다. 아무도 관심을 가져주지 않은 부나 지식은 별 소용이 없는 셈. 그러고 보면 그림자는 '후광'의 다른 이름인가?

> "그런 꾸며진 모습은 부자인 사람에게 아주 잘 어울리는 것이었고…." (45쪽)
>
> "그림자는 내가 다시 사람들 사이로 섞여 들어갈 수 있다는 가능성과 욕망을 주었어." (93쪽)
>
> "이 세상에서 부유한 사람은 그림자를 가져야 하는 거야." (121쪽)
>
> "네가 사람들 사이에서 함께 어울리고 살고 싶다면 가장 먼저 그림자의 가치를 인정해야 해. 그다음이 돈이야." (155쪽)*

* 아델베르트 폰 샤미소, 『그림자를 판 사나이』(열림원, 2008)

작가 아델베르트 폰 샤미소가 그린 악마는 흔히 우리가 만화나 영화에서 익히 봐왔던 모습이 아니다. 약간의 마술을 부리긴 하지만 절대적 힘의 소유자로 주로 어두운 데서만 활동하는 무섭고 흉악한 외형이 아니라, 지극히 평범한 인간의 외형을 가졌다.

"악마는 사람들이 그림으로 그리는 것처럼 그렇게 검은색이 아니지요." (118쪽)*

천사나 선(善)은 노력해도 인간의 눈에 안 보이고 악마는 노력하지 않아도 늘 인간 곁을 배회한다. 악마의 공통점은 '유혹자'이다. 악마는 인간을 심판하는 대신 유혹해서 파멸한다. 유혹의 속삭임은 달콤하다. "악으로 가는 길은 호의로 가득하다"라는 말도 있듯이 갈등과 선택을 교란하고 그게 다 내 탓이라는 가책을 덤으로 안기고 자신을 파멸케 한다.

* 같은 책

내 맘대로
살 아 볼
용   기

어딘가의 소속도, 누군가의 인정도 없이
남들과 다르게 살 수 있는가?

모든 것을 잃은 슐레밀은 뒤늦게 그림자의 중요성을 깨닫지만, 후회는 아무리 빨라도 늦은 법! 자책과 깊은 절망에 빠진 슐레밀에게 1년 만에 다시 나타난 악마는 새로운 유혹을 한다.

"그림자를 돌려줄 테니 이번엔 너의 영혼을 다오~"

악마는 그림자를 잠깐 빌려주고 슐레밀이 사람들 속에서 다시 자유롭게 다니는 단맛을 보게 한다. 투명 망토로 사람들 눈에 안 보이고 편하게 여기저기 다닐 수 있는 신세계를 경험하게도 한다.

모습을 바꿔가며 불쑥불쑥 나타나 끊임없이 유혹하는 악마에게 지친 슐레밀이 황금 주머니를 줄 테니 그림자를 돌려달라고 하지만 악마는 영혼으로만 받겠다고 한다. 1년 전보다 더 끔찍한 상황에 처한 슐레밀은 악마의 유혹에 또다시 흔들린다. 그러나 같은 잘못을 반복하지 않고자 황금 주머니와 악마를 동굴 아래에 같이 던져버리고, 악마는 비로소 그의 곁에서 영원히 사라진다. 악마가 그의 곁에서 떠나지 않았던 것은 슐레밀이 황금 주머니를 계속 몸에 지니고 있었기 때문이다.

"특히 부자들이 나(악마)와 잘 지내고 있다는 것도 잘 알고 있을 겁니다." (125쪽)*

슐레밀이 그림자와 황금 주머니를 포기하면서까지 자기 영혼을 지킨 것을 '영혼 구제'나 '신의 구원'이라고 해석하는 글을 보았다. 그러나 이 책의 내용 어디에도 신을 찾는 장면은 없다. 원망과 감사도 없고 대답을 구하지도 않는다. 모든 것은 슐레밀 스스로 결정하고 후회하고 책임진다. 이는 '신으로부터의 자기구원'이 아니라 어떤 선택과 결과도 모든 것은 자신에게 달려있다는 '단독자적 선택'으로 읽힌다.

슐레밀은 영혼을 지키는 대신 무일푼이 됐고 그림자도 찾지 못했다. 여전히 그는 빛이 없는 시간과 장소만 골라 다니며 고된 하루를 살아간다. 오랜 떠돌이 생활로 신발이 해져서 새로 하나 사 신었는데 이게 한걸음에 7마일을 가는 마술 장화이지 뭔가! 몇 걸음 움직이니 북극이고 또 몇 걸음 움직이면 아프리카다. 얼음산이 눈앞에 있나 싶더니 초록 풀밭으로 바뀐다. 그는 걸음을 늦추기 위해 7마일 장화 위에 평범한 슬리퍼를 덧신고 세계 곳곳을 다니며 지구의 자연과 기후를 연구한다. 그는 사람

* 같은 책

내 맘대로
살 아 볼
용   기

나는 사람들의 정면보다는 뒷모습, 그림자에 끌린다.

들 속에 있을 때보다 혼자 자연을 연구하면서 비로소 마음의 평화를 얻는다.

슐레밀이 우연히 얻게 된 7마일 장화를 신고 전 세계를 누비는 내용을 읽으면서 생각난 게 인터넷망이었다. 슐레밀의 7마일 장화가 세계 이곳저곳을 넘나들며 각지의 정보와 지식을 채집하고 연구할 수 있게 하는 도구라면 오늘날은 인터넷이 그 역할을 하고 있다. 그가 마술 장화를 신고 세계를 떠돌아다녔다면 우리는 손으로 컴퓨터라는 마법의 기계를 움직이며 전 세계를 유랑한다. 현대인을 디지털 유목민이라고 부르는 이유 아닌가? 그러고 보면 마술 양탄자, 마술 장화, 슈퍼맨의 마술 망토처럼 이 세상과 우주를 더 많이, 더 빨리 이동하고 싶은 인간의 상상력이 비행기, 우주선, 인터넷 등으로 현실화된 것은 아닐까?

주인공 슐레밀에게는 세계가 내 집이지만 기다리는 이도 없고 돌아갈 곳도 없다. '남들한테 다 있는' 그림자를 상실하고 사람들한테 배척당해 어쩔 수 없이 난민 혹은 망명자적 삶을 산다. 그림자를 팔고 나서 모든 인간관계에서 소외된 주인공 슐레밀이 홀로 세계 곳곳을 떠돌며 자연을 연구하고 관찰하는 가운데 내면의 평화를 얻고, 친구인 작가에게 자기 이야기를 널리 알려달라는 편지글의 형식으로 진행되는 이 책은 여러모로 작가 샤미소의 삶을 연상케 한다.

샤미소는 프랑스 귀족 출신으로, 우리로 치면 취학 연령기에 '프랑스 혁명'이 발발해 독일로 망명했다. 베를린 대학에서 의학과 자연과학을 공부했고, 그 뒤 시와 소설을 쓰고 책으로 펴내면서 독일 최고 작가의 반열에 오른다.

그런데 이런 망명 작가들의 일생을 전해 듣다 보면 궁금해지는 것이 있다. 유럽 문학사를 듣다 보면 몰락한 귀족들이 이웃 나라로 망명하는 경우가 많던데, 타국에서 이렇다 할 경제활동을 한 것 같지도 않은데 책을 낼 동안 무슨 돈으로 먹고살고 공부까지 했을까?

망명이라는 게 야반도주와 같을진대 평생 먹고살 금은보화를 짊어지고 도망가기는 힘들었을 테고 인터넷 뱅킹도 없었던 시절 아닌가? 그 당시 유럽 대학은 공부에 열의나 소질만 있으면 경제적 루저, 국적을 가리지 않고 모든 이에게 공부와 취업의 기회를 개방한 것일까? 아니면 그들이 망명 전에 귀족이었거나 저명한 저술가여서일까?

책과는 별 상관도 없는 생각을 하다가 다시 저자 소개로 눈을 돌리니 모두가 알 만한 대표작으로 슈만이 작곡한 「여자의 사랑과 생애」의 원작자로 유명하단다. '책벌레'로 인정받은 나지만 '음악벌레'는 아니라 몰랐다. 주인공이 그림자 없는 운명에 순응하고 소속의 갈망과 소외감에서 벗어나 자연을 연구하며 마음의 평안과 자족감을 얻게 되는 장면은 세속과 떨어진 자연 속에서 내면의 평화를 찾은 루소의 도피적 삶을 떠올리게도 한다.

인간관계의 단절과 소외를 이야기한 책들

장 자크 루소, 『고독한 산책자의 몽상』(문학동네, 2016)
카프카, 『변신』(솔, 1997)
황정은, 『백의 그림자』(민음사, 2010)
허먼 멜빌, 『필경사 바틀비』(문학동네, 2011)

욕망에 침식당하지 않을 용기

기원(祈願)의 시작은

사람과 사람, 그 '사이'를 이해하는 것

나는 잘 안 웃는 아이였다

내가 잘 웃지 않았던 것이 언제부터였는지 확실히 기억나진 않는다. 다만 잘 웃지 않고 시종일관 무표정하거나 무뚝뚝한 얼굴이라고 누군가 '독일장교'란 별명을 붙여준 게 사춘기 전이었던 것 같다. 그렇다고 잘 울지도 않았다. 감정 표현이 서툴렀고 자기 억압이 많았던 것 같다. 일희일비보다 '기쁨은 다 같이, 슬픔은 혼자서'라는 태도가 가난한 집 맏딸이 얻은 생활의 작은 요령이었다고 할까?

내 인생에서 아동기는 생략된 느낌마저 든다. 조숙하다 못해 조로한 아이는 과하게 웃거나 과하게 우는 것을 부끄러워하거나 혐오했던 것 같다. 잘 웃지 않던 아이는 웃는 게 어색한 어른이 되었다. 나라고 항시 뚱하게, 화난 사람처럼 인상을 쓰고 있겠나. 웃는 사람이 보기 좋고 마음 편하다는 것도 안다. 단지 편한 사람들 앞에서 웃고 싶을 때 자연스럽고 스스럼없게 웃고 싶을 뿐이다.

웃으면서 태어난 사람이 없다는 건 고단한 삶의 예고편 같다. 나는 모두가 한목소리로 그렇다고 하는 일이나 말에는 왠지 더 의심이 생긴다.

"웃으면 복이 와요", "억지로 웃어도 행복감이 증가한다"는 웃음과 관련한 말들도 마찬가지다. 마음은 우는데 얼굴만 웃는다고 진짜 복이 올까? 거짓 웃음이 정말로 정신건강에 좋은지도 의심스럽다. 본시 하기 싫은 것을 억지로 하다 보면 마음의 병이 생기는 법인데 '억지로' 웃는 것만으로도 행복해진다니. 그럼 실없이 잘 웃는 바보나 광인은 많이 행복한 것인가? 이것은 어쩌면 '웃음'에 관한 것이 아니라 '복, 행복'에 관한 강박을 웃음이란 도구로 교묘하게 포장하는 거라고 내 나름대로 간파했다. 그런 와중에 이런 의심이 과학적 근거가 있다는 반가운 기사를 발견했다. 몇 년 전에 찾아낸 기사인데 '억지웃음'에 뜨악해하던 내게 흐뭇한 웃음을 주던 기사라 메모해두었다.

미국의 한 과학 단체에서 웃음에 대한 실험과 결과를 『실험적 사회심리학 연구』라는 이름의 국제 학술지에 발표했다. 연구 결과에 따르면 사람들이 주위 분위기를 맞추고 상황을 모면하기 위해 마음과는 반대로 억지로 웃을 때 내·외면의 불일치로 인한 괴리감이 상실감과 우울감을 증가시켜 오히려 정신건강을 저하한다는 내용이었다. 차라리 기분이 안 좋다는 상태를 내색하거나 무표정한 표정을 유지하는 게 정신건강에는 더 좋다는 것이다. 쉽게 말해 남을 편하게 하느라 자기 자신을 불편하게 하지 말라는 것.

밥벌이라는 것은 짧게는 8시간 혹은 그 이상을 자기와 다른 인물의 가면을 쓰고 연극적 행동을 하는 것이다. 여기서 말하는 가면, 연극은 누구한테 거짓말을 일삼고 사기를 친다는 게 아니라 누구나 공적인 공간이나 관계에선 어떤 '역할극'을 하듯이 살아간다는 말이다.

일이 힘든 것 중 하나는 많이, 자주 '웃어야' 하는 것과도 상관 있는 것 같다. 밥을 번다는 것은 내키지 않는 일도 많이 한다는 의미인데 자꾸, 자주 '웃는' 것도 곤욕 중 하나다. 대부분의 사람들은 자주, 많이 웃는 사람을 좋아하고 밥벌이라는 것은 '대부분의' 기호와 비위를 맞추느라 내 비위는 비워야 하는 일이다. 종일 웃는 연극을 하다 퇴근하면 몸보다 마음이 더 피곤할 때도 있다.

정말 마음이나 정신이란 게 전래동화 속 토끼의 간처럼 꺼냈다 넣었다 할 수 있다면 출근할 때 한 반쯤 집에 두고 왔다가 퇴근해서 "마음 너, 편히 잘 있었니? 난 오늘 힘들었단다. 그래도 반쪽 마음 너라도 건강해서 다행이야.^^"라는 인사를 건네고 싶다. 일하면서 어지러워진 반쪽 마음은 슈퍼 타이에 빡빡 씻어 볕 좋고 바람 좋은 날 널어 말리고. 그렇게 생활에서 어지러워진 마음을 길과 바람에 말리러 가는 행위가 내겐 여행이다.

여행은 현재의 나를 버리고
새로운 나를 충전하는 시간

사람들은 여행을 '나를 찾으러 가는 것'이라고 아름답게 말하던데 나는 나를 버리기 위해 떠난다. 여기에서의 나를 잊으려고 저기로 가는 것이다. 뭘 자꾸 찾긴 찾아? 보이지 않는 것을 찾고 의심하면서 병과 화가 생기는 것이다. 자기가 무엇을 잃어버렸는지 알고 어디에서 찾을 수 있을지 안다면 그건 진짜로 잃어버린 게 아니다. 나한테 원래 무엇이 있었는지, 무엇을 잃어버렸는지 잘 모르는 나는 현재의 나를 버리러 간다. 마음과 달리 자꾸 웃어야 하는 가장된 현재의 나를 버리고 웃지 않아도 되는 내 우울의 기원과 편히 만나기 위해 여기가 아닌 저기로 홀로 떠나는 것이다.

여행(旅行)의 '여(旅)'에는 자기 고장을 떠나 다른 곳에 잠시 머물거나 떠도는 '나그네'란 뜻이 있다. 나그네는 여행자란 뜻 말고도 '얻어듣는 것이 많다'라는 뜻도 있고 일정한 직업 없이 놀고 지내는 사람, '유자(遊子)'라는 뜻도 있으며, '나그네 세상'은 '덧없는 세상'을 이르기도 한다.

그중 내가 가장 바라는 것은 물론 '유자(遊子)'다. 내 블로그의 프로필 소개란에 '흰 손, 까만 발, 가벼운 가방'이라고 적어둔 그대로 일 많이 한 흑수(黑手)가 아니라 일하지 않는 깨끗한 흰 손(白手), 덧없는 세상 유람하느라 까매진 발, 세상 속에서 보고 얻어들은 것들을 무겁지 않게 담을 가벼운 가방 같은 것이다.

그런 마음으로 내 상처, 우울의 기원(起源)과 마주하기 위해 나간 덧없는 세상의 길 위에서 세상 사람들의 수많은 기원(祈願)을 보게 된다.

사람들의 기원(祈願)이 넘쳐
부처나 예수는 과로사하겠다

부처에게 절은 잘 안 하지만 고즈넉한 분위기가 좋아 어디 여행을 가는 중 인근에 절이 있으면 잘 들른다.

사찰 건축에 대해서는 잘 모르지만, 그동안 좀 다닌 통밥으로는 주차장(매표소)에서 잘 정비된 솔숲길이나 계곡길을 따라 10~20분 걷다 보면 교각이 달린 돌다리나 절 현관문에 해당하는 일주문을 가장 먼저 보게 된다. 교각은 일주문 안에 있기도 하고 밖에 있기도 하지만 대개는 개울에서 높이 뜬 아치형의 돌다리다.

얼마 전 석탄절 즈음해서 간 절은 보통의 그런 구조가 아니어서, 개울에 놓인 징검다리를 건너갔다. 물과 차단된 다리가 아니라 물속에 있는 다리를 건너 일주문으로 들어가는 기분은 좀 묘했다. 돌다리 양쪽으로 연등이 사열해 있어서 더 그랬지 싶은데, 개울과 징검다리가 마치 사바세계 이쪽과 저쪽을 건너는 경계 같았다.

다녀와서 인상적인 그 다리에 대해 알아보니 '피안교(彼岸橋)*'라고 했다. 불교에서는 인간이 사는 다리 이쪽을 사바, 차안, 속세로 보고 다리 건너 저쪽은 열반, 피안, 해탈의 세계로 해석한

---

* 온갖 괴로움과 속박으로 가득한 속세(피안)에서 벗어나 자유롭고 근심 없는 열반의 세계(피안)로 가는 경계 지점.

내 맘대로
살 아 볼
용   기

다. 또 물은 낮은 곳으로 흐르는 겸손의 모델이며 만나는 대상, 온도에 따라 파도도 되고 얼음도 되고 수증기도 되어 바다로도 가고 허공으로도 가는 막힘 없는 변신과 조화의 대상이다. 그날 물속의 다리를 건넌 나는 잠시 세속을 떠나 해탈했던가!

석탄절을 전후해 절에 가면 어느 곳이든 경내 안팎엔 츄파츕스 알사탕 같은 연등이 주렁주렁 달려 있다. 돈이 많은 절은 일주문 몇 미터 밖에서부터 달아놓고 가난한 절은 일주문 즈음해서 달아놓는다. 돈도 많고 정성도 많은 절은 돈과 품이 많이 드는 한지 연등을 달고, 돈은 있는데 정성이 없거나 돈, 정성 둘 다 없는 절은 플라스틱 연등을 재활용한다. 그때는 석탄절 일주일 전쯤이라 절 곳곳에 많은 연등이 달려 있었는데 돈도 많은 그 절은 플라스틱 연등을 사방팔방 달아놨더라.

대웅전 가까이에 달린 연등일수록 값이 비싸다는 것을 그때 처음 알았다. 이젠 기원의 정성과 성심도 돈과 비례하고 부처도 돈 많은 중생을 좋아하게 된 것인가! 그 말을 듣고 연등을 다시 보니 츄파츕스 알사탕 같은 연등 행렬은 땡전 다발 같고 마트나 주유소 개업식에 매달린 만국기 같았다. 그 피안교라는 다리도 그저 시주교(施主橋)에 불과했던 것인가?

무언가를 기도하거나 기원하는 간절하고 절실한 마음은
적어도 남의 마음에 상처를 주어서는 안 되지 않을까?

내 맘대로
살 아 볼
용 기

절 마당 한 곳에서는 기원자의 이름을 기와에 적어 축원하는 '기와 불사'를 받고 있었다. 기원도 다 돈이다. 피안에서 깨어 속세로 돌아온 나는 후미진 돌담 뒷길을 걸었다. 비 온 뒤 무성해진 잔디 속에서 깨진 기왓장 더미를 보았다. 깨진 기왓장들이 깨진 기원 같았다. 하기야 절에서도 수많은 사람이 날마다 달마다 해마다 적어 올리고 빌어대니 그 기원을 처리하는 것도 난감할 것이다. 먼저 온 기원들을 보내야 나중에 온 기원들 자리도 생기지 않겠는가. 부처는 기원을 어떤 기준으로 들어줄까? 순서대로? 아니면 기원의 급박함이나 경중대로? 기원의 진심이나 정성으로? 헌금의 액수만큼? 내(네) 기원의 절실함은 물질과 비례하는 것이다? 다다익선(多多益善)!

등산로의 작은 돌무더기나 마을 어귀의 서낭당, 사찰 마당 한 곳에 쌓인 기와탑, 석탄절과 성탄절 무렵의 거리와 교회를 장식하는 각양각색의 연등과 트리, 불탑, 십자가⋯. 다른 모양, 다른 형태지만 인간의 기원이 물성으로 나타난 것들이다. 거기에는 인류 역사만큼 수많은 인간의 기원과 욕망이 깃들어 있을 것이다. 예수도 부처도 인간들의 넘치는 기원과 기도 속에 과로사했겠다.

장독대 항아리 위에 물 한 그릇, 초 한 자루 올려놓고 비는 가난한 기원은 자본화된 기원에게 밀린 지 오래다. 옛날 우리 어머니, 할머니들은 마당의 장독대, 밤하늘의 달, 동네 큰 나무, 산 입구 돌무덤과 큰 바위에도 빌었다. 말 그대로 천지신명 모두에게 빈 것이다. 맑은 물 한 그릇, 깨끗한 쌀 한 그릇, 초 한 자루 켜놓고도 빌었다. 그런 기도들이 대웅전 가까이 달린 연등 값이나 교회의 십일조 헌금보다 기원의 값과 무게, 정성에서 결코 적다고 할 수 없을 것이다.

어머니, 할머니들의 기도란 게 뻔하니, 그러고 보면 이 세상에 살면서 '어머니'란 이름을 가져보지 않은 자는 어쩌면 절실한 기원은 할 수 없다는 생각도 해본다. 무릎 꿇고 손을 모은 당신들의 그 진심과 정성들은 가족제도를 회의하는 내게도 가끔은 눈물겹고 숙연하다. 그런데 어머니란 이름으로 행해지는 모든 기원과 희생은 그저 다 이해되고 아름다운 것일까?

기원(祈願), 무릎과 무릎 사이를 이해하는 것

일전에 서울 강서구 어디에 특수학교를 짓는다고 하니 주민들이 땅값 하락과 아이들의 교육상 문제를 내세우며 학교 설립

내 맘대로
살 아 볼
용   기

을 극렬히 반대했다는 소식이 각종 매체의 헤드라인을 장식했다. 장애아를 둔 어머니들은 무릎을 꿇고 사정하면서 "그런 자식을 낳은 내가 죄인"이라며 울면서 읍소했다. 무릎을 꿇린 엄마들은 무릎을 꿇은 엄마들에게 '쇼'한다고 했다.

한쪽에선 내 새끼 더 좋은 대학, 더 좋은 직장에 보내고 싶어서 백일기도, 천일기도 하느라 무릎을 꿇고 다른 한쪽에선 아픈 아이 정규교육이라도 받게 해달라고 무릎을 꿇는다. 엄마의 이름으로 다른 엄마를 죽이는 것, 무릎을 꿇는 마음으로 무릎 꿇게 하는 것, 내 자식 잘되는 마음으로 남의 자식 안 되게 하는 이 모순을 어떻게 이해해야 할까? 같은 모정인데 한쪽의 모정은 왜 다른 모정에 비수가 되는가? 이래서 사람만이 절망인가? 내자식, 내 식구가 더 잘 살고 잘되기를 바라는 마음을 탓할 일은 아니나 내 자식, 내 식구를 위해 다른 사람의 무릎을 꿇리게 하지는 말아야 하지 않을까? 무언가를 기도하거나 기원하는 간절하고 절실한 마음은 적어도 남의 마음에 상처를 주어서는 안 되지 않을까? 꿇고 꿇리는 두 무릎의 '사이'는 그렇게 먼가?

기원의 실패보다 절실한 기원 하나 없음이 가끔은 슬퍼서 '기원의 발굴'을 생각했던 나는 무릎과 무릎 사이의 너무 먼 기원을 보면서 기원 없는 내 삶이 오히려 괜찮은 듯 여겨졌다. 세속의 상처는 제거되는 것이 아니며 그저 직면하거나 잠시 비켜서는 것뿐임을 사람들의 기원 속에서 발견한다. 나와 너 '사이'의 기원을 이해하려는 태도에서 상처는 간신히 이해되거나 비켜설 뿐이다.

정호승 시인은 「나는 희망을 거절한다」라는 시에서 첫눈은 '가장 낮은 곳'에 내린다고 했다. 시에서의 첫눈은 희망이고 그 희망의 기원은 엎드리거나 무릎을 꿇으며 낮아지는 행위로 표현된다. 시인이 본 희망은 명동성당의 높은 종탑이나 설악산 봉정암 진신 사리탑 같은 높은 곳이 아니라 성당 입구 계단 아래 엎드린 걸인의 어깨나 사리탑 아래에서 아들을 저세상으로 먼저 보낸 어머니의 기도하는 늙은 두 손 같은 데 있다.*

좋은 글이란 정해진 답을 말하는 게 아니라 좋은 질문과 방향이 담긴 것이라면 이 시는 참 희망과 기원, 모성에 관한 좋은 질문을 담고 있다. 그 사랑은 내 눈앞의 대상만 사랑하는 독단, 폭력의 사랑이 아니라 엎드리고 꿇은 무릎과 무릎 사이의 그 '사이'를 이해하는 그런 사랑이 아닐까?

*정호승, 「낮은 곳을 향하여」(창비, 2017)

내 맘대로
살 아 볼
용   기

태국 치앙마이의 어느 사찰에 있는 기원 나무.

광석 아재가 벽 속에서 웃고 있네

봄 만개한 광석 아재 벽화 앞에 앉아

맥주 한 잔 기울이면 이보다 더 좋을 순 없으리

조금만 생각을 바꾸어도 삶의 소소한 즐거움을 맛보는 건 어렵지 않다. 인스타그램 속 반짝거리는 장소를 답사한다거나 비행기를 타고 간 먼 곳의 빼어난 비경을 배경으로 '페친'(페이스북친구)들을 향해 '찰칵~' 인증하는 것만 여행은 아니라고 생각하는 당신이라면.

내가 사는 동네를 천천히 산책하거나 구불구불한 골목길을 걸어 다니고, 출퇴근 시간과 점심시간을 이용한 미니 산책 같은 것도 일상에서 할 수 있는 짧고 자잘한 여행들이다.

내가 사는 곳과 완전하게 다른 풍경과 내가 부대끼며 사는 사

람들과 다른 국적, 언어
의 대면, 평소 먹기 힘
든 것들을 여행 핑계 삼
아 먹어보는 재미나 의
미는 분명히 있다. 하기
힘들어서 더 새롭고 재
미있는 '낯선 것들의 감
동'을 깎아내리려는 게
아니다. 그것은 그것대

김광석 골목 입구에 있는 동상.

로 의미가 있지만, 너무 멀어서 지금 가기 힘든 것(곳)의 전시를
보며 박탈감을 느끼기보다는 지금 내 처지에서 누릴 수 있는 즐
거움을 놓치지 말고 찾아보자는 것이다.

어디를 가느냐보다 무엇을 보고 어떻게, 얼마만큼 즐기느냐
가 여행의 포인트인지도 모른다. 내가 사는 동네 골목을 여행하
듯 돌아보는 것은 어떨까? 한 번 곰곰 생각해보라. 의외로 제주
도보다 우리 동네, 내가 사는 지역에서 가보지 않은 곳이 더 많
을지도 모른다. 요즘은 어느 지역에 가도 '벽화 골목' 하나쯤 없
는 곳이 없으니 내 지역의 벽화 골목을 찾아보는 것도 좋겠다.

내 맘대로
살 아 볼
용   기

김광석을 그리고(Miss) 그리다(Draw)

내가 사는 지역엔 '국민 서른 주제가'로 불리는 「서른 즈음에」와 '국민 입영가'로도 유명한 「이등병의 편지」를 부른 가객 김광석을 기린 '김광석 골목'이 있다. 그가 초등학교에 들어가기 전까지 이 골목에서 살았다고 한다. 김광석과 동향인 가수 박학기는 언젠가 김광석 아버지가 범어동에서 '금방'을 해서 아들 이름을 '광석'으로 지었다는 우스갯소리도 했었다.

생전의 '광석 아재' 웃는 얼굴을 반도 못 살린 김광석 동상이 기타를 든 모습으로 방문객을 맞는 '김광석 골목'은 대구 대봉동에 있다. 왼쪽으로는 높은 담이, 오른쪽으로는 지붕 낮은 상가와 주택들이 병렬형으로 서로 마주 보는 골목이다. 담 위쪽 바깥은 짧은 가로수길이 쉼터나 소공원처럼 조성되어 있고 가로수들이 자외선 차단과 바람맞이 역할을 한다. 덕분에 여름 한낮에도 그늘이 있고 제법 선선한 바람이 분다.

골목 곳곳에는 광석 아재가 여름 햇빛보다 밝고 환한 미소로 자신을 보러 온 방문객을 맞이하고 있다. 나는 벽에 그려진 많은 광석 아재 그림 중에서도 포장마차 주인으로 그려진 그림을 특히 좋아한다. 어묵탕 앞에서 손님을 향해 가로등 불빛보다 더 따뜻하고 환하게 웃는 모습이다. 그 그림 앞에 캔 맥주라도 하나 놓아두면 정말 광석 아재가 술 한 잔 따라주며 노래 한 자락 불러줄 것 같다. 진짜 대작(對酌)을 부르는 그림인데 마침 긴 나무 의자도 하나 있어 아재와 건배하며 마시기 딱 좋다. 나 같은 사람이 많은지 가끔 빈 소주병과 맥주 캔이 나무 의자 한 귀퉁이에 쭈그리고 앉아 있다. 고급스럽고 세련된 실내 장식과 조명 아래 꽃미남 바텐더 '오빠야'나 섹시한 '언니야'가 따라주는 비싼 칵테일보다 헐겁고 사람 좋은 미소의 광석 아재를 보면서 마시는 혼맥이 더 좋으리.

평일 낮에는 인파가 적어 봄가을엔 그의 노래를 들으며 책을 읽거나 졸기도 좋은 장소다. 여름에도 가고 가을에도 갔는데 낙엽 깔린 가을 골목과 광석 아재 목소리가 쓸쓸하면서도 운치 있게 잘 어울렸다. 타지 사는 친구들이 너무 덥지도 춥지도 않은 때에 대구에 온다면 캔 맥주 몇 개 사서 이곳에 데려오고 싶다.

김광석 골목은 2011년 대구에서 개최된 세계육상경기대회 덕분에 만들어졌다. 당시 대회가 열리는 경기장 인근인 대봉동은 낙후한 재래시장과 빈민가가 밀집한 지역으로 인적이 드물어 어둡고 우울한 동네였다. 시 차원에서 국제 대회를 계기로 쇠락한 동네를 밝고 건강한 공간으로 만들어 시장 활성화와 함께 관광객 유입을 꾀했던 것. 방천시장과 인근 골목의 빈 상가들을 예술가들의 작업 공간으로 쓸 수 있게 해서 시장과 예술을 결합한 새로운 문화 거리로 만들고자 했다. 마침 그 동네가 김광석의 생가가 있던 곳이라 골목 전체를 김광석과 관련한 그림과 노래 등으로 꾸미며 벽화 거리로 조성한 것이 오늘날의 김광석 골목이다.

김광석 골목의 정식 명칭은 '김광석 다시 그리기 길'이다. 그의 음악들을 재해석해 담아낸 『다시 부르기 1』과 1970~80년

대 선배들의 포크 음악 중에서 다시 부르고 싶은 곡들을 골라서 만든 『다시 부르기 2』의 앨범 이름에서 착안했다고 한다. 그와 그의 음악을 '그리워하면서' 벽화로 그를 '그린다'라는 이중 함의가 있다.

골목을 들어서자마자 쓸쓸하고 따뜻한 그의 노래가 울려 퍼진다. 그림을 보며 걷는 내내 그의 목소리를 듣노라면 작은 콘서트장에 온 것 같기도 하고, 그가 "여러분 놀랐죠? 5000회 특집 이벤트로 숨어 있었어요"라며 벽 속에서 금방이라도 걸어 나올 것 같다. 눈가에 주름 가득한 미소를 띠면서.

내 맘대로
살 아 볼
용   기

죽은 사람의 글을 읽는 것과 죽은 사람의 노래를 듣는 것은 그 느낌이 참 다르다. 그것은 '목소리'가 가지는 물성 때문이기도 하고 노래로 듣는 목소리는 오랜 세월 지나서 들어도 죽기 전 그때 목소리 그대로이기에 더 애잔하고 뭉클해서이다.

다들 많이 알다시피 김광석은 노래 좋아하는 친구들과 결성한 '동물원'이란 밴드로 데뷔했고, 순수하지만 아마추어적인 느낌 가득한 음악 스타일로 별 기대를 안 했던 그들의 예상과 달리 큰 성공을 거두었다.

「거리에서」는 동물원이라는 다인 보컬 그룹에서 김광석 개인을 대중들에게 각인시킨 출세 곡이지만 정작 본인은 이 노래의 가사가 우울해서 즐겨 부르지 않았다고 한다.

거리에 가로등 불이 하나둘씩 켜지고/ 검붉은 노을 너머 또 하루가 저물 땐/ 왠지 모든 것이 꿈결 같아요/ 유리에 비친 내 모습은 무얼 찾고 있는지/ 무얼 말하려 해도 기억하려 하여도/ 허한 눈길만이 되돌아와요.*

그가 죽기 직전에 만들어 유작 앨범이 되어버린 4집 발매 후

* 김광석, 「동물원 1집」(서울음반, 1988)

의 인터뷰나 일기 글 등을 보면 '가라앉는다'라는 표현이 많이 나온다. 오래되어 정확하게 기억나지는 않지만 이런 마음으로 만든 것이 그 유명한 명곡, 이제는 고전이 된 「서른 즈음에」라고 기억한다.

> 또 하루 멀어져 간다/ 내뿜은 담배 연기처럼/ 작기만 한 내 기억 속에/ 무얼 채워 살고 있는지// 점점 더 멀어져 간다/ 머물러 있는 청춘인 줄 알았는데/ 비어 가는 내 가슴속 엔/ 더 아무것도 찾을 수 없네*

* 김광석, 『김광석 네 번째』(킹레코드, 1994)

내 맘대로
살 아 볼
용 기

그가 죽은 뒤 수많은 애도와 추도, 헌정 앨범이 나왔다. 나는 그의 생전에 사 모은 앨범도 꽤 있었지만, 추모(헌정)앨범도 여러 장 샀다. 앨범 속지에 실린 고인을 추모하는 짧은 글 중에도 뭉클한 내용이 많은데, 특별히 전 동물원 멤버이자 정신과 의사인 김창기의 말이 가장 아프게 기억된다.

사람들은 너의 짧고 뜨거웠던 삶에 대해 이야기하고, 그래서 나의 친구가 잊혀지지 않는 것이 고맙기도 하지만, 나는 네가 기억되기보다는 내 옆에 있었으면 한단다….**

김창기의 말대로 그의 죽음이나 노래가 아직도 유달리 안타깝고 애달픈 것은 짧은 삶과 죽음이 극적인 이유도 있을 테고 그렇게 좋아한 노래를 못 다 부르고 죽었기 때문이기도 할 것이다. 살 만큼 살다 죽은 사람들은 덜 슬퍼하고 덜 기억하는 게 보편적 인간 심리니까. 골목에 울려 퍼지는 노래와 벽에 그려진 생전 모습들을 보느라 정작 골목은 쉬이 눈에 들어오지 않는다. 그러다 그 포장마차 그림이 나오는 골목 끝까지 걸어갔다가 뒤돌아서면 그제야 골목 풍경이 눈에 들어온다.

** 김광석, 『Collection: My Way 1964/1996』(지니뮤직, 2002)

가난을 낭만으로 채색한 벽화마을

벽화가 그려진 동네들은 대개 가난의 냄새가 짙다. 작고 남루한 골목과 골목을 낀 주택, 상가들 중 번듯한 건물은 별로 없고 남루하고 왜소하게 낮은 단층 건물들이 지친 듯 어깨동무를 하고 있다. 산업화의 뒷길로 밀리고 남은 '과거의 현재'가 벽화란 생활 예술로 아직도 가난의 현장에 있는 그들에게 작은 위안이 되었으면 좋겠다.

과거의 벽화는 지배계층의 권력 과시, 권력 계층을 위한 지식인의 향유물이었으나 현대의 벽화는 도시문화사업이라는 긍정적 기능과 함께 가난을 미화, 낭만화한 상품 같기도 해 씁쓸한 이중적 감응을 받는다. '낭만'은 아무래도 현실의 것이라기보다 '향수'에 가까운데, 향수란 과거보다 나아진 현실에서 과거를 미화해 추억하거나 한 번도 살아보지 못한 생활에 대한 문학적 감응 같은 것이다.

어릴 때 나는 이 벽화 골목과 비슷하게 가난한 동네에서 오래 살았다. 한 집에 몇 가구가 모여 사는 다세대 한옥으로 한 마당을 공유하고 마당 안의 화장실을 전 세대원들이 공유하는 구조였다. 세대원들의 주 직업은 섬유나 염색 공장의 기술자, 작은

164

내 맘대로
살 아 볼
용   기

영세업장의 경리나 버스·택시기사였는데 지금으로 치면 '최저임금'도 못 받는 가난한 서민들이었다.

가난이 부끄럽던 시절이라 웬만큼 친한 친구들도 집에는 데려오지 않았다. 공교롭게도 나와 친한 친구들은 좀 사는 집 애들이었다. 어느 날 대학생이 된 중학교 동창 절친이 자신의 대학 친구와 우리 집에 놀러 와서 한 말을 나는 오래도록 잊지 못했다. 아마도 그 친구의 주변인 중에는 우리 집과 같은 곳에서 사는 이가 전무했던지 "테레비나 책에서나 보던 집"이라며 몹시 신기해했다. "강석경의 『숲속의 방』에서 읽었던 한 장면 같다"라고 했던 말도 기억난다. 평소 나는 우리 집이 김원일의 『마당 깊

은 집』에 나오는 집과 같다고 생각하던 참이라 『숲속의 방』은 그나마 김원일보다 훨씬 더 뒷세대니 고맙지 뭔가.

그 친구가 악의가 있거나 우리 집을 무시에서 한 말이 아니며, 자기가 그동안 보지 못한 환경을 처음 본 순수한 반응이라는 것, 문학작품이나 영상에서 보던 그런 집을 현실에서 본 신기함 같은 거라는 건 그때나 지금이나 잘 안다. 그럼에도 불구하고 내가 속할 수 없는 세계의 사람들이 우리를 보는 인식엔 저런 것도 있겠구나 하는 깊은 인상으로 남았다.

과거로 잠시 돌아갔다가 다시 현실로 돌아온 골목에는 화가와 사진가, 목공예가들의 소규모 작업실이 군데군데 자리하고 있었다. 서너 평이 채 될까 싶은 그 작은 공간을 카페와 겸한 곳도 있었다. 아담하고 소박해서 정답지만 작은 탁자가 두세 개 남짓한 좁은 공간이라 커피 한 잔 시키고 앉아서 팔을 뻗으면 주인장 얼굴과도 닿을 거리였다. 골목 입구에서 끝까지 왔다 갔다 하며 설렁설렁 사진도 찍고 걸어도 20, 30분이면 족할 거리를 두어 시간 뭉그적거리며 놀았다.

골목을 벗어나 조금만 몸을 틀면 바로 시장이다. 여느 재래시장과 마찬가지로 먹거리와 입을 거리, 이런저런 잡화상들도 여럿 있다. 여타 재래시장과 다른 점은 디자인, 목공, 그림, 사진 작업실 같은 예술 공방과 소규모 개인 카페가 점점이 자리한 것이다.

빈 상가를 예술가들의 작업실로 내준 것은 작가와 상인들뿐 아니라 시장의 활성화에도 도움이 되는 일이라 반길 만하다. 오피스텔 등의 비싼 임대료가 부담스러운 가난한 작가들에게도 좋고 상가들이 꽉꽉 채워지니 상인들에게도 좋은 일거양득의 일이다.

이 시장은 규모가 어느 정도 되는 재래시장과 달리 시장 하늘 위에 그늘막도 없고 상가 위에 어닝(창이나 출입구 위쪽에 설치한 차양) 같은 것도 없는데 낮에도 그늘이 졌다. 그러고 보니 시장과 주택가 골목 모두 전반적으로 어둑했다.

시장을 돌아다닐 때는 시장과 주택가 골목이 그늘지니 여름에는 시원해서 좋겠다고 생각했는데, 글을 쓰다 보니 다른 생각이 들었다. 그곳의 집들은 낮에도 햇빛이 잘 안 들어오겠구나! 에어컨이 없거나, 있어도 전기요금이 걱정돼 사용하지 않는 집이 많을 텐데 구경꾼이 많아지면 한여름 낮에도 대문을 열어놓을 수 없겠구나! 내가 간 날도 집주인들은 모두 일하러 간 것인지 문을 닫아놓은 곳이 많았다.

관광지로 변해버린 주거지의 '낭만'이란 잠깐 들른 자의 것일

김창기의 말대로 그의 죽음이나 노래가
아직도 유달리 안타깝고 애달픈 것은
짧은 삶과 죽음이 극적인 이유도 있을 테고
그렇게 좋아한 노래를 못 다 부르고
죽었기 때문이기도 할 것이다.

뿐, 일상을 사는 자의 몫은 결코 될 수 없다는 현실감이 몰려왔다. 약육강식의 투쟁적 현실에서 '낭만적이다'라는 것은 이 강에서 저 강 건너편의 모습을 떨어져서 그저 '바라보기 때문'일 것이다. 낭만은 그 현장에서 살지 않는 딴 동네 건너편 사람들의 것이니 그곳에서 일상을 사는 이들의 사생활을 존중하고 배려하는 게 뜨내기들의 도리이다. 나의 인증샷을 위해 함부로 사진기를 들이대지 말자는 소리다.

시장 한쪽에선 더위를 피해 나온 할매들이 돗자리를 펴놓고 삼삼오오 모여 화투를 치고 있었다. 할매들 옆에 있는 형형색색의 자판기가 눈을 끌어 다가가니 폐자판기를 '시장 안내도'로 만들어놓은 설치작품이다. 커피 메뉴 버튼엔 '생선, 의류, 잡화…' 같은 시장에서 판매되는 품목들이 적혀 있다.

시장과 골목을 활성화하는 사업임에도 한 번 낙후한 곳은 재생하기가 쉽지 않은지 한적했다. 시장을 벗어나 찻길 하나만 건너면 대구에서 사람들이 제일 많고 건물 값이 제일 비싸다는 번화한 동성로라 그 대비감이 선명하다. 마치 산업화를 다루는 드라마의 세트장 한쪽을 보고 나온 것 같기도 하고 타임머신을 타고 1970~80년대에서 바로 지금 이 시대로 떨어진 듯한 이질감이 들기도 한다.

김광석 골목은 대구 근대역사골목과 인접해 있다. 일제강점기 전후에 지어진 건물들을 끼고 김원일의 소설『마당 깊은 집』의 배경인 긴 골목과 건물이 아직 남아 있는 곳이다. '긴'의 경상도 옛말인 '진골목'을 한 바퀴 돌고 나오면 고층 빌딩과 큰 백화점 건물이 눈앞에 쑤-욱 다가온다. 저 시대에서 이 시대로 몇 초 만에 클로즈업되고 전환되는 드라마나 영화의 한 장면처럼….

이 글을 쓰고 시일이 좀 지난 뒤 서울 친구가 대구에 놀러 와서 이곳에 같이 갔다. 오랜만에 간 그 골목엔 김광석 그림을 마주 보고 있던 가난한 주택들은 흔적도 없이 사라지고 없었다. 카페로, 기념품점으로, 인형 따기 게임방으로…·
주택가 사이에 상가가 끼어 있던 구조의 그 골목은 완전한 상업지구로 바뀌어 있었다. 골목 옆의 시장에 있던 기름집, 순댓집, 방앗간도 자취를 감췄고, 근방에서 삼삼오오 모여 화투를 치던 할매들도 따라 없어졌다. 가정식 일본 정식집, 수제 마카롱 베이커리, 수제 맥줏집 등이 아기자기, 오밀조밀 예쁘게 모여 있는 그 골목에 아기자기와 거리가 먼 뽀글이 파마에 몸뻬 입고 화투판 벌이는 할매들이 앉을 공간은 없어 보였다.
낙후된 골목과 상가를 살리자던 취지는 낙후된 삶을 몰아내고 뽀샤시한 자본이 들어앉았나? 책 속의 사진은 최근에 가서 찍은 사진이다.

김광석은 1964년 1월 22일에 이 세상에 나와 1996년 1월 6일 저세상으로 떠났다.

「거리에서」, 「슬픈 노래」를 참 많이 부른 그는

많은 사람들과 노래들을 「사랑했지만」,

늘 「잊혀지는 것」을 두려워하는 마음과

「잊어야 한다는 마음으로」 방황했고,

「너무 아픈 사랑은 사랑이 아니었음을」

「흐린 가을 하늘에 편지를 써」가며

「말하지 못한 내 사랑」을 그리워하기도 했다.

사랑 노래도 참 많이 불렀던 그는

「꽃」 같은 「그대의 웃음소리」가

「변해 가네」를 슬퍼하며,

「사랑이라는 이유로 잊어야 한다는 것」을 애도했고,

「타는 목마름으로」 「기대어 앉은 나른한 오후」에 부른

「나의 노래」는 「불행아」였다.

「일어나」와 「서른 즈음에」를 불렀던 그는 서른을 갓 넘긴 「혼자 남은 밤」에

끝내 다시 일어나지 못한 채,

「바람이 불어오는 곳」으로 한 줌 「먼지가 되어」

「자유롭게」 이 세상을 떠났다.

그가 세상에 남기지 못한 「부치지 못한 편지」는

「너무 깊게 생각하지 마」였다.

*이 글에 등장한 김광석과 그의 친구들 얘기, 노래 가사는 추모 앨범인 『Kim Kwang Seok collection: My Way, With 33Music』과 박준흠, 『이 땅에서 음악을 한다는 것은』(교보문고, 1999), 대구 대봉문화마을협의회 '김광석 다시 그리기 길' 등을 참고했다.

누구의 간섭도
없이 내 맘대로
살아볼 용기

세상의 차별에 당당히 맞설 용기

반대말조차 없는, 쓸쓸한 말들

내 맘대로
살 아 볼
용   기

쓸쓸함의 반대말은?

세상에서 둘도 없을 것 같은 따뜻한 미소를 지으며 아주 쓸쓸한 글을 잘 쓰는 여행 작가가 있다. 한 주간지 기자와의 인터뷰 도중에 나온, "따뜻한 사람 대회가 있다면 1등 할 자신이 있다"는 농담이 진담으로 들릴 만큼 매력적인 미소의 소유자다. TV 여행 프로그램에서 본 그도 따뜻하고 다정다감했지만 그의 글은 쓸쓸했다. '따뜻함과 쓸쓸함이 이질감 없이 참 잘 어울리는군!'이라는 생각을 하다가, 문득 '따뜻함'과 '쓸쓸함'이 반대말인가 궁금해졌다.

국어사전을 찾아보니 따뜻함의 반대말은 많은데 쓸쓸함의 반대말은 하나도 없었다. '음산, 고독, 황량, 적적, 삭막, 스산…' 등등 외롭고 어둑한 '쓸쓸'함과 비슷한 말은 이렇게 많은데 그 반대말은 하나도 없다니! 쓸쓸함을 면할 길 없는 쓸쓸한 말이구나.

반대말이란 무엇인가? 왜 반대말이 없는 건 쓸쓸하게 느껴질까? 반대말은 어떤 두 단어가 가진 각각의 비교 기준이 명확하고, 그 의미가 서로 맞서면서 밀어내는 배타적인 관계에 있다. 예를 들면 부자-빈자, 행복-불행, 낮-밤, 정의-불의, 민주주의-

전제주의, 무상-유상… 등등이다. 좌우 반대쪽에서 서로 맞서
는 두 단어의 정서, 특질은 현실에서 공존하거나 화합하기가 힘
들다. 싸울 적이 명확하면 힘들기는 해도 외롭지는 않다. 나와
같은 생각을 하는 사람들이 모여 함께 적과 싸울 수도 있고, 옳
고 그름을 일차적 흑백논리로 쉽고 편하게 가를 수도 있기 때문
이다.

　외로운 것은 도대체 나의 적이 누구인지 모르는 상태이다. 적
이 누구인지 모르니 전의도 일어나지 않는다. 물론 세상은 단순
한 이분법적 논리로 가르기 힘든 순간도 많고, 어제의 적이 오
늘의 동지가 되기도 하며, 내가 지금 '행복'하지 않다고 해서 꼭
'불행'한 것도 아니다. 그러나 내게 반대말 없는 단어는 적도 동
지도 없는 단독자적인 쓸쓸함, 막막함, 고립무원의 소수자적 삶

인터넷에서 '반대(말)'의 이미지로 나온 사진.
그런데 운동화와 하이힐이 '반대'일까? '다름' 아닐까?

내 맘대로
살 아 볼
용　　기

을 대변하는 의미로 다가온다. 그러니 반대말 없는 '쓸쓸하다'라는 말은 얼마나 쓸쓸한가!

미망인, 고아, 비정규직…
차별과 소외의 쓸쓸한 단어들

쓸쓸함 말고도 반대말 없는 단어들이 좀 있다. '미망인(未亡人)'이라는 단어도 그렇다. 홀아비라는 말이 있기는 하지만, 엄밀히 말해서 그건 홀어미의 반대말이지 '아직 (남편을) 따라 죽지 못한 사람'이란 뜻을 가진 미망인의 정확한 반대말은 아니다. 그래서인가? 남편 없는 여자를 손가락질하고 무시하는 건 따라 죽지 않고 살아남은 것이 죄라서?

한부모 가정이라도, 엄마 없는 아이들은 그저 '불쌍하게' 볼 뿐이지만 아빠 없는 아이들은 확실히 무시한다. 같은 잘못을 해도 '애비 없이 커서'라는 말을 듣기 십상이다. 마누라 없는 남자는 불쌍하게는 봐도 무시하거나 차별을 하지 않는데 남편 없는 여자는 무시하고 함부로 대한다. 직장 생활을 하면서 이혼한 남자들이 마누라가 있는 척 행세하는 건 못 봤지만 이혼녀들이 남편 있는 척 행세하는 것은 자주 봤으니까.

'고아'의 반대말도 없다. 부모 없는 아이, 길 잃은 아이를 고아, 미아라고 하는데 자식 없는 사람, 길을 잃은 늙은 부모는 무엇이라고 하나? 이스라엘에서는 고아, 나그네, 과부를 사회에서 가장 소외된 '소외 3종 계층'으로 꼽는다는데 공교롭게도 이 세 단어의 반대말은 없다.

'비정규직'이란 단어도 반대말이 없다. 내 생각과 달리 비정규직의 반대말은 정규직이 아니었다! 뉴스에서 일반 대중들이 비정규직이란 말을 많이 들은 것은 IMF 외환위기 때 대량 정리해고와 근로자 파견제가 합법화되고 나서고, 최근 몇 년 사이 뉴스뿐 아니라 현실에서 일상어로 통용될 만큼 너도나도 부쩍 많이 듣고 쓰게 된 말이다. 그렇다면 '정규, 정규직'이란 무엇인가? 두 단어는 이 사회에서 어떤 의미를 지녔을까? 일단 국어사전부터 찾아보았다.

정규 : 정상적으로 된 규정이나 규범. 규정에 맞는 정상적 상태

정규직 : 기간을 정하지 아니하고 정년까지의 고용이 보장되며 전일제 일하는 직위나 직무

결국 정규나 정규직이란 이 사회에서 '정상'으로 인정받을 수 있는 '보장된' 지위를 인증 받은 '인식표' 같은 거다. 이 사회의 정상성은 언젠가부터 누군가 정해놓은 어떤 평균의 형식, 틀을 갖추고 사는 모습이다. 정규 교육(대학)을 받고, 4대 사회보험에 가입되어 있고 정년퇴직이 보장되는 직장에 입사해서, 이성애자끼리 가임 기간에 결혼하고, 내 이름자 찍힌 집에서 3, 4인 가족을 이루고 사는 것. 이들 위주로 국가의 지원과 보호를 제대로 받을 수 있는 사회가 정규의 삶이리라.

대학, 결혼, 자녀가 있는 다인 가구가 이 사회가 정한 '정규(정상적 규범)'라면 나는 생후 얼마 되지 않아서부터 오랜 세월을 비정규로 산 셈이다. 과부(그때는 '한부모 가정'이라는 말이 없었다. '과부' 아니면 '편모'라고 했다)의 자식에 오랜 세월 무주택자에 고졸, 정년이 보장 안 되는 직장과 자영업 전전, 동작 빠른 사람들이 결혼을 두 번은 할 동안 아직 한 번도 안(못) 한 사람이니 '비정규'의 조건은 골고루 갖춘 셈이다.

불안정한 상태는 같은데 '비정규(직)'는 타인에 의한 수동적 상태 같고 '프리랜서'는 뭔가 좀 더 자의적 · 자율적 상태 같다. 주택, 결혼, 자녀는 프리랜서적 태도로 결정할 수 있지만, 생계는 비정규적 입장인 경우가 더 많다. 지금 이런 말을 하는 나는 정말 별 애상이나 회한 없이 그저 사실을 건조하게 읊고 있을 뿐이다.

세상의 수많은 비정규직에게 비정규직은 정규직의 반대말이 아니라 연관어라는 게 좀 위로가 될까?

반대말 없는 말들의 차별과 터부, 그 쓸쓸함에 대하여

반대말이 있기는 하지만 시대가 변화함에 따라 지금은 바뀌어야 할 반대말 같은 것도 있다. 남자의 반대말은 여자, 이성애자의 반대말은 동성애자 같은 것이다. 두 단어의 반대말 대항은 '성별'의 구분에 따른 것이겠지만, 근간의 성 인식 담론에서 보면 남녀를 성 대립적 구도만으로 보거나 성 취향을 이성애자 중심, 위주로 하는 단어가 아닐까 하는 이견을 제시할 수도 있으니까.

사람들은 하루에도 수많은 말을 주고받고 같은 말도 수없이 반복하지만, 보통은 자신이 하는 말의 의미를 깊이 생각하지 않고 습관적으로 쓰고 돌아서서 잊어버린다. 말과 글에는 말하는 사람의 사고와 취향뿐 아니라 그 시대만의 사회현상, 문화까지 드러난다. 고독사, 독거사란 단어가 그런 사회상의 하나일 텐데 몇 년 전만 해도 생소하던 이 말은 이제 익숙한 말이 되었다.

음성, 말이 귀에 들리는 기호라면 단어, 문자는 눈에 보이는 기호다. 말은 목소리로 나누는 대화이고 문자는 눈으로 나누는 대화다. 말과 문자가 다른 전달, 표현 양식과 또 다른 점은 대화를 '기록'하고 그 기록은 시간이 흘러도 이해할 수 있다는 것이다. 물론 음악, 그림, 춤도 악보나 화보, 영상으로 기록할 수 있지만, 그 표현 행위는 전달의 기록이지 대화의 기록은 아니다. 필담(筆談)과 수화(手話)는 대화이지만 봉화, 파발, 교통 수신호, 춤, 그림이 전달에 그치는 것은 쌍방 간 소통이 아니라 일방적 표현과 한정적 수용이라는 한계성 때문이다.

결국 좋은 소통과 대화의 조건은 상대방이 무슨 말을 하는지 잘 알아듣고 하고 싶은 말을 상대방에게 잘 전달할 수 있는 것이다. 너와 나의 말이 서로 오해 없이 잘 이해될 때 좋은 소통, 대화가 될 것이다. 잘 이해하려면 잘 읽고 잘 들어야 한다.

언어에서 그 사회의 정서나 시각을 느낄 때가 많다. 예를 들면 성별이 병렬되는 모든 단어의 배치는 '남녀, 부모, 남매'처럼 항상 남자가 단어 앞자리에 온다. 그런데 왜 '욕'할 때만 '연놈'으로 여성 성별이 앞에 올까? '시' 자 들어가는 가족은 '도련님,

아가씨, 서방님' 등으로 조선시대 마당쇠가 마님 집 자손들 부르는 극존칭이면서, 여자 쪽 핏줄들은 왜 '처제, 처남'인가? 처제나 처남의 이름을 부르고 말을 놓는 것은 '친근'한 거고 남편 동생에게 말을 놓는 것은 '가정교육 잘못 받은 본데없는 짓'인가?

반대말 없는 단어들을 가만히 살펴보면 적자생존, 약육강식의 세상에서 살아남기 힘든 약한 이름, 소수자들이고 차별받는 정서들이다. 미망인, 비정규직, 고아가 차별받는 계급이라면 나그네, 쓸쓸함은 차별받는 정서이다. 이들은 모두 어떤 공인된 집단 속에서 '혼자'라는 상태다. 혼자인 자들에 대한 차별과 소외의 정서다. 내가 아닌 남들이 정해놓은 정규(직)의 삶을 헌법처럼, 성경처럼 믿는 사람들은 미망인, 비정규직, 고아처럼 타의에 의한 불가항력적 사건으로 혼자가 된 사람들을 차별한다. 차별하면서 왜 혼자냐고 묻고 그렇게 살지 말라는 선생질을 일삼는다.

반대말 없는 말들의 차별과 터부, 쓸쓸함을 생각해본다.

말들의 풍경을 섬세하게 담아낸 책

김소연, 『마음사전』(마음산책, 2008)
김소연, 『시옷의 세계』(마음산책, 2012)

내 맘대로
살아 볼
용   기

그러나 내게 반대말 없는 단어는

적도 동지도 없는 단독자적인 쓸쓸함, 막막함,

고립무원의 소수자적 삶을 대변하는 의미로 다가온다.

그러니 반대말 없는 '쓸쓸하다'라는 말은

얼마나 쓸쓸한가!

타인의 불행에 눈 감지 않을 용기

음악으로 배운 사회사 ― 정태춘

내 맘대로
살아 볼
용 기

추억과 기억의 차이

지나간 시간이 아름다우면 '추억'이고, 아프면 '기억'이라고
생각한다. 1970년대 후반에서 1990년대 초의 사회·문화상을
따뜻하게 그린 드라마 「응답하라」 시리즈가 추억을 얘기하는
것이라면, 세월호 사건은 아픈 기억이다. 1987년의 나는 추억
보다 기억이 많은 여고생이었다. 당시 학교에선 학기 초만 되면
'가정환경조사'와 '가정방문'이란 걸 했다. '방문' 하나만 겨우 번
듯하던 우리 집은 없는 게 더 많아서 '조사'할 게 없었다. 초등학

교 때부터 매년 내 환경에 대한 조사를 받았는데 참으로 오래, 꾸준히, 일관적으로 가난했고, 내내 IMF 외환위기였다.

'우리 집이 참 없구나. 없는 게 부끄러운 거구나'를 처음 알려 준 곳은 학교였다. 나는 우리 집의 가난을 각성시키는 그 조사가 너무 싫었다. 조사서의 앞 대목은 부모의 생존 여부와 직업, 최종 학력, 집 소유 유무였다. '편모'라는 항목에 체크를 하면서 맘이 '편치' 않았고, '사글세'란 단어는 '싼', '식은' 말로 콕콕 찔려서 전세로 허위 작성을 했다. 그때는 자동차, 냉장고, 피아노, 컴퓨터 같은 것이 지금의 임플란트, 해외여행처럼 일반적 부를 가늠하는 기준이었는지 설문 목록에서 빠지지 않는 항목이었다.

설문지 마지막에는 자신의 경제 상태를 '상, 중, 하' 혹은 '부유층, 중류층, 빈민층'이라고 체크하게 돼 있었다. 매번 '하'나 '빈민층'이 아닌, '중'이나 '중류층'으로 기재했는데 그런 내가 싫었다. '하' 혹은 '빈민'이라는 단어는 내가 속한 외적 상태 말고도 보이지 않는 저 깊은 내면까지도 '가난하게' 만드는 것 같았다. 한 반에 60명 내외이던 학생들을 일일이 조사하는 게 힘들던 선생들은 거수로 간단히 조사하기도 해, 어린 마음도 아주 '간단히' 멍들게 했다.

꽃보다 똥

형이하학적 생존도 힘들었던 그 당시, 나는 수업시간에 배운 김춘수의 시 「꽃」이 싫었다. 교과서에 나오는 시험용 시에 감동하기 힘들었고, 내 현실과 다른 꽃이란 단어도 이질적이었으며, 시란 말을 저렇게 꾸미고 치장하는 것인가 싶은 비딱함이 있었다. 그 시가 좋아진 건 나이가 들면서 존재론적 의미를 이해하고 나서다. 당시의 내게, 세상은 나영석 피디 식으로 얘기하면, '꽃보다 똥'이었다. '똥'이라 쓰니 생각나는 게 있다. 그때는 수세식 변기가 일상화되기 전이라 각 가정엔 똥을 저장한 정화조가 있었다. 정기적으로 똥차가 쌓인 똥을 치우러 왔다. 그때 똥 치우던 아저씨들 말이 생각난다. 자기들끼리 푸념처럼, 자조적으로 하던 얘기였다.

"내 참 더러브서…. 우리가 똥이란 더러운 것을 치우고 있긴 하지만 우릴 얼마나 더러운 인간 보듯이 하냔 말이야. 지가 싼 똥 치워주는데도 돈 줄 때 보면 한 손으론 코 막고, 나머지 한 손은 우리 손이 닿기라도 할까 봐 손톱으로 겨우 돈 끝만 살짝 집어서 건네주잖아. 그러다 그 돈이 바람에 날아가서 돈 주우러 쫓아갈 때의 그 비참함이라니…."

모든 용기의 밑천은
팩트, 나는 나만의
속 도 로 걷 는 다

187

그 무렵 작가와 제목이 기억 안 나는 시 중에 "동포여! 하는 소리에 매력을 느껴 다시 한 번 귀 기울여 들어보니 '똥퍼어'라는 소리…"라는 게 있었는데, 그 시와 저 대화가 겹쳐서 오랫동안 기억에 남았다. 꽃 얘기도 아닌 똥 얘기를 이렇게나 오래도록 선명하게 기억하는 것을 보면 내게 세상은 역시 꽃보다 똥에 가까운가?

아이돌 박남정보다 시인 정태춘

당시 내 가난의 도피처는 책과 음악이었는데 음악은 책보다 돈이 많이 들었다. 책이야 도서관에서 빌릴 수도 있지만 노래는 도서관에 없었고, 내가 좋아하는 음악은 친구들이 모르거나 안 좋아하는 것들이라 빌려서 들을 수도 없었기 때문이다.

장기 집권하던 조용필에 대적해 소화기 대신 마이크로 불을 끄러 나온 승마바지 입은 청년 셋과, ㄱ자 춤을 기막히게 추던 야시리한 청년이 또래 아해들한테 인기를 얻던 때다. 반 아이들은 그 집의 '가정부'라도 되고 싶다며 난리였는데 난 심드렁했다. 내가 혹한 가수들은 한결같이 죽음과 눈물을 머금고 있어서 이미 죽었거나 머지않아 죽을 놈들이었다.

한때는 '내가 좋아해서 다 죽나?' 싶은 생각까지 들었다. 죽고 나면 생전보다 더 유명해지곤 해서 '죽어야만 한 번 쳐다봐주는 이 죽일 놈의 세상…'이라며 죽은 그들을 서러워했다. '허밍'만 해도 한(恨)이 철철 넘치는 김정호, 술

정태춘 1집 앨범 「詩人의 마을」

병으로 목이 다 쉰 김현식, 악을 쓰는데 왠지 슬픈 전인권, 웃고 있어도 슬픈 김광석, 국악 가요로 심금을 울리던 김영동의 노래와 대금 연주, 그리고 김수철과 김창완…. 그 정점에 정태춘이 있었다.

무슨 심야 음악 프로에서 「촛불」과 「시인의 마을」을 듣는데 '시인이 부르는 노래' 같았다. 그런 노래는 TV에 잘 안 나오고 라디오에서도 밤에나 잘 지키고 있어야 들을 수 있는 귀한 노래들이었다. 헌 카세트테이프를 모아서 기존에 들어 있던 소리를 다 지우고 다시 감은 뒤 DJ의 멘트에 내가 좋아하는 노래 제목이 나오면 재빨리 '녹음'했다. 그러나 앞, 뒤가 약간씩 잘리거나 DJ의 목소리가 섞인 노래가 성에 차지 않았다.

나는 '원곡'이 온전히 들어 있는 음질 좋은 그 노래들이 너무 갖고 싶었지만 그때 우리 집은 많이 가난했다. 음악, 미술 준비

물 사가는 것도 힘들 정도였으니, 엄마에게 가수의 음반을 사달라고 하는 건 '불효'라는 것을 일찌감치 깨달았다. 방학 동안 학교 매점과 어느 대학 교수실에서 급사로 일하면서 용돈을 모았다. 아마 '최저임금'도 못 받고 일했지 싶은데, 어쨌든 그 돈으로 『핫뮤직』, 『스크린』이란 음악, 영화 잡지와 카세트테이프, LP판을 살 수 있었다.

그때 형편으론 그 알바비로 공납금을 내거나 생활비로 내놔야 했지만 그러고 싶지 않았다. 월급날이면 그 잡지들과 음반들을 품에 안고 드물게 행복한 마음으로 귀가하곤 했다. 처음으로 온전히 '나만의, 내 것'이 된 소유물을 내 힘으로 구해서 얻은 것들이니 요샛말로 '내가 나에게 주는 선물'이었다.

노래로 배운 사회사

집에서만 노래를 듣다 보니 어느 순간 '밖에서'도 듣고, 보고 싶었다. 내가 좋아하는 가수들을 내 친구들은 하나도 모르고 안 좋아해서 나 혼자서 공연을 보러 갔다. 지금 통장에 29만 원밖에 없고 치매까지 걸렸다는 민머리 할배가 집권할 당시로, 서울 올림픽을 치른 지 얼마 안 됐을 때다. 나는 「촛불」을 들으러 갔는데 아저씨는 자신의 그런 노래가 부끄럽다며 이제 다시 그런 노래는 부르지 않겠노라 했다. 나는 좀 섭섭했지만 새로운 노래에 대한 기대감으로 가슴이 두근두근했다. 자본의 종속화, 탈농촌 도시 이주, 극심한 빈부 격차, 가난한 노동자, 반핵을 얘기하는 노래들은 가히 충격적이었다. 그중 백미는 『아, 대한민국』이라는 앨범에 들어 있던 「우리들의 죽음」이란 노래였다.

시골에서 상경한 가난한 부모가 일하러 간 사이, 방에 있던 어린 남매가 화재로 타 죽은 사건을 노래로 만든 곡이다.

젊은 아버지는 새벽에 일 나가고 어머니도 돈 벌러 파출부 나가고/ (중략) 지하실 단칸방에 이린 우리 둘이서 낮엔 테레비도 안 하고 우린 켤 줄도 몰라/ 밤에 보는 테레비도 남의 나라 세상/ 엄마, 아빠는 한 번도 안 나와 우리 집도 우리 동네도 안 나와/(중략) 여기가 우리처럼 가난한 사람들에게도 축복을 내리는 그런 나라였다면… 아니, 여기가 엄마, 아빠도 주인인 그런 세상이었다면… 엄마, 아빠! 너무 슬퍼하지 마…

눈물, 콧물 줄줄 흘리며 노래를 듣기는 처음이었다. 훗날 고레에다 히로카즈 감독의 영화 「아무도 모른다」를 보면서 이 노래를 들었을 때처럼 눈물, 콧물 쑥 뽑았다. 「우리들의 죽음」은 두 번 듣기 괴로운 노래이고, 「아무도 모른다」는 두 번 보기 힘든 영화다. 비극적인 내용이 슬프기도 했지만 '이런 걸 노래로 만들 수도 있구나' 하고 큰 충격을 받았다. 그건 중학교 졸업식 날 집으로 가는 길목에서 책 할부 판매원한테 홀려 산 '야매' 『한국명시』 선집 속에서 '박노해'와 '백무산'의 시를 처음 읽었을 때 충격과 같았다. 아! 이런 노래도 있구나. 맨날천날 나는 알지도, 느끼지도 못하는 재벌집 얘기나 남녀상열지사만 지껄여대는 그런 노래, 가수 말고 내 얘기, 우리 집 얘기 같은 이런 노래도 있었구나!

당시는 영화, 음반의 사전심의가 있던 때라 이 노래는 당연히 사전검열에 걸렸는데, 정태춘의 항변은 노래만큼이나 뭉클했다. 공연윤리위원회는 이 노래가 "한 가정의 부주의에 의한 사고를 사회문제화했다"는 이유로 심의를 반려했다. 이에 대해 정태춘은 "두 남매는 우리 사회의 구조적 문제의 희생양이며, 노래는 이러한 문제를 드러내고 바로잡는 역할을 해야 한다"라고 항변했다. 정태춘은 사전심의에 대한 저항으로 이 노래가 든 앨범을 불법 제작, 판매했다. 그리고 그 음악사의 한 장면에 나도 있었다.

정태춘은 지치지 않는 독립군처럼 6년을 투쟁했고, 드디어

음반 뒤의 제작 연도가 무려 1988년이다.

'사전심의제'가 철폐돼 이 앨범은 정식 발매됐다. 오늘날 우리가 영상과 음악의 자유를 누리는 것은 정태춘 덕이다. '서태지'의 공인 줄 아는 사람들이 많았지만, 서태지는 정말 다 차려놓은 밥상에 숟가락 하나 얹었을 뿐이다.

'맞벌이 영세 서민 부부가 방문을 잠그고 일을 나간 사이, 지하 셋방에서 불이 나 방 안에서 놀던 어린 자녀들이 밖으로 나오지 못해 질식해 숨졌다'는 내용의 노래는 지금 들어도 뭉클하지만, 사실 이 노래가 나올 즈음의 나는 껌딱지처럼 내 옆에 붙어 있는 엄마가 싫었다. 인터넷이 발달하기 전에는 돈을 벌든 못 벌든 사람 '손'으로 하는 모든 일이 호황이었다. '양장점, 양복점' 같은 옷집도 그랬고, 우리 엄마는 바느질로 어린 두 딸을 먹여 살렸다. 동화책이나 드라마에서 봤던 '삯바느질'하던 엄마가 현실로 넘어와 우리 집에 있었다. 어린 자식이 있는 과부가 식당이나 술집, 공장을 안 가고 집과 가게가 붙은 곳에서 자신의 기술로 깨끗하게 벌어먹을 수 있는 안성맞춤의 직업, 직장이었다. 자식들을 품에서 놓지 못하던 엄마와 달리 '내 집'보다 '내 방'이 더 소원인 사춘기 소녀에겐 24시간 '편의점'처럼 붙어 있는 엄마와 미싱 소리가 싫었다.

내가 정말 배워야 할 많은 것은 음악으로 배웠다

빈민으로 살면서 서민이라 우기던 허위에서 벗어난 건 그로부터 십수 년도 더 지난 뒤였다. 서민이란 이름을 얻기도 얼마나 힘든지, 빈민이 아닌 서민으로 살 수 있는 것만도 감지덕지하게 되면서다. 대한민국에서 평균 임금 이상을 받는 사람들에게 나는 빈민이고, 노숙자나 쪽방촌 사람들에게는 서민일 것이다. 서민과 빈민의 위태위태한 경계선에서 이 지루한 밥벌이를

내 맘대로
살 아 볼
용 기

그만두기라도 하면, 빈민에 합류되는 건 시간문제다.

'내가 정말 배워야 할 모든 것은 유치원에서 다 배웠다'라는 책 제목도 있지만, 나는 내가 정말 알아야 할 많은 것을 음악으로 배웠다. 「우리들의 죽음」을 처음 들은 날로부터 강산이 한 번 바뀐 뒤 '무상급식', '무상보육'이란 말을 들으며 다시 그 노래가 생각났다.

만약에 우리 엄마가 아침에 집을 나가서 저녁에 들어오는 일을 했다면, 나도 어느 날 그 아이들처럼 불 속 재가 됐을지 모른다. 엄마는 우리를 방 안에 놔두고 밖에 자물쇠를 채울 수 없어서 늘 집에서 하는 일만 했던 거구나. 저때 무상급식이 있었더라면, 저때 무상보육이 있었더라면 저 아이들의 엄마는 문을 잠그지 않아도 되고, 그랬으면 아이들은 피기도 전에 한 줌 재로 남지 않았을 텐데.

과거의 기억이나 옛 노래 한 소절이 회상으로 끝나지 않는 것은 그 기억이나 노랫말들에서 현실을 보기 때문이며, 그 현실이 더 나은 미래를 위한 생각이나 판단에 일조했기 때문이다. 노랫말 속에서 습득된 무의식적 사회의식은 자식 있는 기혼자들이 '무상급식과 무상보육'을 '혈세'라고 비난할 때 무자녀, 비혼자인 내가 그런 정책을 찬성, 지지하게 만든 숨은 선생들인 것이다. '복지란 모두를 잘 살게 하는 것이 아니라 소수 소외자의 상처를 최소화하는 것이다'와 같은 생각 말이다.

'대학'도, '노조'가 있는 큰 회사도 다녀보지 않은 나는 어떤 조직이 아닌 가난과 글, 음악, 영화 같은 예술에서 소소히 자기 의식화됐을 것이다. 우연히 읽은 한 문장, 한 장면, 한 노랫말에서 어떤 아픔이나 모순을 같이 읽거나 느꼈을 것이다. 고레에다 히로카즈나 켄 로치의 영화들에서 복지제도의 모순에 비통해하고, 조세희와 박노해의 글에서 도시 빈민과 노동자의 비참함을 공감하며, 프란츠 카프카나 허먼 멜빌의 어떤 이야기에서 노동 소외와 관계 단절 같은 것을 읽었을 것이다.

노래나 글은 내가 경험하지 않은 것들에 대한 정서적 공유와 가르침을 주었다. 내가 경험한 체험, 산 공간에 대한 이해만 한다면 우리는 장 발장이나 홍길동, 세월호 희생자가 되기 전에는 타인의 아픔에 공감하거나 분노하지 못하리라.

책이나 노래 속에서 '잘못된 것은 잘못됐다고 생각하고 말하고 동참할 줄 알아야 한다'고 배운 나는 학급회의 시간에 '학급비 운영의 내역'이 궁금하다며 질문을 했고, 대학생 이한열이

데모를 하다 사망했을 때는 '검은 리본'을 달고 등교했으며, 급우들한테 거둔 돈으로 동성로에 나가 시위하는 대학생 언니, 오빠들한테 마스크와 요구르트를 사주었다. 공납금 독촉을 하며 공개 호명과 망신을 주는 담임선생에게 "돈이 있으면 알아서 낼 것이다. 빚 독촉하듯 너무 그러지 마시라. 선생의 일은 아닌 것 같다"라고 담담히 말했다. 담담하지 못했던 담임선생은 매로써 응징했는데, 손이나 뺨이 떨어져나가도 '울거나 빌지 않겠다'라는 어린 독기에 분노의 매질이 더해졌다.

1980년대가 90년대로 바뀌고 난 뒤에 '빚쟁이' 같았던 학교를 졸업했다. 나는 담임선생의 졸업식 축사를 보고 싶지 않다는 뜻을 전하며 앨범은 인편에 부탁했다. 담임선생은 "교편 생활 십수 년 만에 저런 아이는 처음이다"라며 몸서리를 쳤다던데, 살면서 나는 그 선생의 몸서리와는 비교도 안 되는 몸서리를 수차 겪었다.

1990년대를 추억하는 드라마 「응답하라 1994」에는 삼천포시에서 올라왔다고 해서 '삼천포'로 불린 주인공이 있었다. 드라마의 주인공을 비롯한 삼천포 사람들은 그 말을 아주 싫어하지만, 내 말이나 생각, 계획은 늘 의도와 달리 곧잘 '삼천포'로 빠지는데 음악 속에서 추억과 기억 사이를 가로지르던 이 글도 결국 그렇게 된 것 같다. 늘 이런 안 좋은 말에 그 아름다운 지명을 쓰는 게 죄송했는데, 삼천포시가 이제 '사천포시'가 되었다니 덜 미안해도 되나?

 음악으로 읽는 사회사

『박노해 시인 노동의 새벽 20주년 헌정 음반』(NHN벅스, 2004)
불나방 스타 쏘세지 클럽, 「불행히도 삶은 계속 되었다」(『고질적 신파』, 붕가붕가레코드, 2009)
정태춘, 『아, 대한민국』(2003)

내 맘대로
살 아 볼
용   기

과거의 기억이나 옛 노래 한 소절이 회상으로

끝나지 않는 것은 그 기억이나 노랫말들에서

현실을 보기 때문이며

그 현실이 더 나은 미래를 위한 생각이나 판단에

일조했기 때문이다.

독박 돌봄을 거부할 용기

'선택할 수 없는 간병'은 강제노동이다

인간에 대한 연민이 없는 철학은
대체 무엇인가?

몇 해 전 꽤 이름난 철학자 K가 지금은 없어진 SBS TV 예능 프로그램인 「힐링캠프」에 패널로 나온 적이 있다. 지인에게 선물 받은 그의 책 두 권을 막 읽은 뒤라 호기심이 동했다. 방송은 상담과 강연을 뒤섞어놓은 듯 애매한 형식으로 진행됐다. 그는 프로그램 출연진과 상담 신청자를 가리지 않고 '인신공격'으로 느껴질 만큼 독설을 퍼부었다. 뭐지? 방송용 캐릭터인가? 하며 보다가 여성의 희생을 당연시하는 가부장적인 남성 우월주의자의 태도가 쏟아지는 장면에선 내 돈 주고 그의 책을 사볼 일은 없겠구나 싶었다. 아래 내용은 흙수저 취업 준비생이라고 자신을 소개한 20대 여성의 사연을 듣고 상담을 해주는 대목이다.

20대 취업 준비생인 여성 A는 퇴직 후 병으로 쓰러진 아버지를 모시고 산다. 오빠인지 남동생인지 남자 핏줄은 독립해서 병든 아버지를 혼자 전담하고 있다. 취업 준비만도 벅찬데 아버지의 병수발을 비롯한 집안일을 전담하느라 항상 시간에 쫓기고 심신이 힘들다. 게다가 그녀의 아버지는 딸에 대한 간섭과 집착이 심해서 조금만 귀가 시간이 늦어지면 전화로 독촉을 일삼는다. 그녀는 도덕적 의무와 현실적 고민 사이에서 갈등하던 중 「힐링캠프」 예고편을 보고 사전 상담 신청을 한다. 공개방송에 나와 철학가이자 상담가라는 K에게 자신의 상황과 내면적 갈등을 말하고 자문을 청했다.

상담자 A의 얼굴엔 현실적 고통과 도덕적 가책 사이를 왕래하는 복잡하고 불안한 심리가 그대로 나타났다. 이 질문에 어떤 대답을 할지 기대하며 K의 입을 보던 나는 뒷목을 잡았다.

"너, 지금까지 부모 밑에서 잘 먹고 잘 입고 학교 잘 다녔지? 그래놓고 이제 아버지가 돈 못 벌고 병드니 귀찮은 거지? 너 진짜 고민이 뭔데? 좀 솔직해져 봐. 아버지의 병이 아니라 네 취업과 사적 자유를 방해하는 아버지가 귀찮다는 거 아니니? 사실대로 말해. 네 본심을 인정하는 것에서부터 내 상담은 시작되고, 네 고민 해결의 출발은 바로 거기서부터야."

상담자 A는 고개도 들지 못하고 흐느끼기만 했다. 그가 조언-그게 과연 조언의 형식과 태도를 갖춘 건가 싶지만-이랍시고 하는 말들 어디에도 철학자나 상담가로서의 면모는 찾기 힘들었다. 가부장적 태도가 뼛속 깊이 박힌 '대한민국 남자'의 모습만 보였다. 그날 방송은 하루하루 사는 게 힘들어서 위로와 응원을 받으러 온 한 영혼을 광장에 세워놓고 인민재판(혹은 마녀사냥)이라도 하는 듯 보여서 불편했다. 그는 범인을 심문하는 판사처럼 행동하며 상담자를 확신범으로 몰아갔다.

철학자라면서? 철학자라면 '사람의 얼룩진 무늬'(feat. 철학자 김영민)부터 살펴야 하지 않을까? 사람의 무늬를 살피는 것은 상처와 그 상처의 배경을 살펴보는 것과 같다. 그녀의 고민엔 평생을 소처럼 일하고도 노후가 보장되지 않는 불안한 복지제도, 학자금 대출과 취업난에 찌든 청년 세대, 병든 부모 부양을 미혼 딸이 도맡는 비민주적 독박 돌봄 등의 사회적 모순이 혼재돼 있었다.

K에겐 이런 사회 인식이 부재해 보였다. 자기 자신조차 제대로 책임지지 못하는 취업 준비생이 하루아침에 병든 아버지를 전담하게 되면서 겪게 되는 현실적 고통, 그 상황에서 벗어나고 싶은 도피심과 그로 인한 가책과 죄책감, 그것의 사회적 배경을 이해하려는 태도는 일말도 없었다.

방송을 보는 내내 인간에 대한 측은지심, 연민이 없는 철학은 무엇인가? 하는 의문이 들었다. 상처의 근원과 본질은 도외시한 채 결과만 헤집어내고, 아물지 않은 상처 딱지부터 확 벗겨내서 "자, 한 번 봐! 이 따까리 속에 곪아 있는 게 바로 너야!"라며 들이대는 고문관 같았다.

대한민국에서 비혼 여성으로 산다는 것

K의 일방적 훈계로 끝난 상담 과정을 지켜보면서 한 여행 작가가 그 방송 전에 비슷한 사례에 대해 한 말이 생각났다. 그는 외면적 성향은 K보다 훨씬 보수적인데 미혼의 자식, 특히 딸이 부모님의 부양을 전담하는 우리나라의 현실에 대해 이렇게 말했다.

"미혼의 자식에게 부모의 정서적·경제적 부양에 대한 책임을 가중하는 것은 산업화와 한국의 유교적 관습이 합쳐진 것인데 그게 '당연한' 것은 아니다. 서구화된 사고방식과 준비 안 된 복지에서 오는 노령화 문제들로 지금의 50대는 부모를 모신 마지막 세대이자 자식을 위해 다 희생한 마지막 세대이다….

그저 그때그때 상황에 따라 조금씩 다르게, 바꿔 살되 결국은 자기 삶을 살아라. 나에게 맞춰서 일어날 풍파를 도저히 감당하지 못하겠다면 상황에 맞춰 살아라. 지금 못 하고, 못 떠나도 조금 뒤에 할 수도, 떠날 수도 있으니 너무 다급하게 생각하고 결정짓지 말자."

그는 자식을 위해 희생한 부모, 그 희생에 대한 보은 전에 제한 입도 못 꾸리는 자식 어느 쪽도 일방적으로 편들거나 매도하지 않았다. 사람이 다른 어떤 사람에게 감히, 쉽게 '조언'할 수 있으랴. 다만 조금 더 많이 혹은 다양하게 살아본 경험자로서 이러한 방법, 삶도 있으니 꼭 정해진 대로 가야만 하거나 지금 당장 어떻게 해야 좋고 옳은 것은 아니라고 말했다.

각자 다른 처지와 상황에 대한 이해는 넓지만 판단과 충고는 조심스러웠다. 그 유명한 강단 철학자보다 훨씬 덜 알려진 여행 작가의 말이 내게는 인간에 대한 고민을 더 많이 한 철학으로 다가왔다.

비혼자로 노모와 단둘이 사는 내 처지가 그 취업 준비생의 사연과 오버랩되면서 K의 조언(?)이 남다르게 다가온 것은 부인할 수 없다. 내 주변에는 나를 비롯해 미혼자가 몇 있다. 일찌감치 비혼을 결정한 나 같은 사람도 있고, 딱히 비혼은 아니지만 결혼 생각이 없는 이, 결혼과 남자에 관심이 많지만 제 욕심에 맞는 (연봉 높은) 님을 만나지 못해 혼자 사는 이도 있다. 이들의 공통점 중 하나는 노부모의 보호자로서 병원 순례뿐 아니라 간병까지 거의 도맡아 한다는 점이다.

부모님이 경제활동을 하고 건강할 때는 "혼자 살면 외롭다.

늦고 아프면 어쩔래? 결혼해라" 하고 다그치던 형제들도 부모님의 경제력이 없어지고 안 아픈 곳보다 아픈 곳이 많아지면 결혼 지청구는 줄어들거나 없어진다.

"넌 결혼을 안 해서 보살필 사람도 없고, 혼자 사니 직장을 쉬거나 그만둬도 덜 힘들잖아…" 하고 대놓고 말하는 형제도 있고, 말은 안 하는 대신 행동으로 보여주는 형제가 있을 뿐이다. 부모 봉양과 관련한 의무를 떠넘기기에 미혼의 형제만큼 만만한 대상도 없지 않은가. 일정 부분 양심의 가책은 슬쩍 외면하면 된다.

"그러게 누가 혼자 살랬냐?"

친하게 지내는 미혼의 후배 역시 엄마와 단둘이 산다. 몇 년 전 엄마가 크게 한 번 쓰러진 후 이 병원 저 병원 모시고 다니는 것도 내 처지와 비슷하다. 그 후배도 나처럼 꽤 오래 자영업자로 있다가 경기가 내리막길을 걸으면서 휴무도, 휴가도 없는 장시간 노동을 버티지 못해 월급자로 신분을 자체 강등한 지 몇 년 됐다. 일주일에 한두 번은 놀고 연월차 휴무란 꿀을 뒤늦게 또박또박 맛보게 된 대가로 최저임금에서 조금 더 받는 저임금

노동자가 된 것이다.

수입이 줄면 지출도 줄어야 하는데 먹고살고 은행에 갚아야 할 돈은 별반 달라지지 않았으니 한 달 벌어 한 달 먹고살면 딱 맞는다고 했다. 갑자기 사람이나 자동차가 탈이 나서 마이너스 통장이라도 구경할 때면 간담이 서늘해진다고. 시간 행복자로 살기 위해 휴무 없는 자영업자 대신 주 5일의 월급 생활자를 선택했는데 독박 간병으로 오히려 시간도 돈도 가난해졌다.

형제끼리 순번제로 돌아가면 좋으련만 다들 바쁘다는 핑계로 모른 척하니, 엄마가 병원에 가야 하는 날은 부득불 휴무를 신청하고 보호자로 따라나서야 한다. 자기만의 시간이라고 해봐야 한 달에 두어 번 정도 가질 수 있는데, 이날 어디 여행을 가거나 장시간 약속이라도 잡으면 엄마는 식전부터 세상 우울한 얼굴을 하고 있다. 약 때문에 삼시 세 끼 꼬박꼬박 챙겨 먹는 양반이 갑자기 밥맛이 없다며 투정을 부리지 않나, "너 올 때까지 밥 안 먹고 기다릴게"라며 늙은 아기가 된다. 미혼의 딸이 한 달에 고작 두어 번 외출하는 것도 그렇게 온몸에 우울한 티를 내시는 양반이, 결혼한 아들딸이 몇 달에 한 번 찾아온다고 하면 "피곤한데 쉬어라" 하고 손사래를 치는 이유는 또 뭔가.

지난해 12월 중순, 후배가 연말정산을 신청했다면서 하소연을 했다.

"언니도 그렇겠지만 미혼이라고 공제받을 만한 게 하나도 없어요. 결혼한 동료나 선배들은 자녀 공제, 부녀자 공제, 부모 공제, 의료비 공제 등등 이것저것 다 챙겨서 꽤 많이 공제받는데 자영업자일 때도 그렇고 월급 생활자 역시 결혼을 안 했다는 이유만으로 차별을 받는 게 많아요."

"이번에 어머니 병원비 꽤 나왔잖아. 그거 의료비 공제 청구하면 될 텐데?"

"그건 남동생이 받아요."

"부모님 모시고 사니까 부모 공제(부양가족 공제)를 받아. 70세 이상인가 그러면 고령자 공제까지 받을 수 있을 텐데?"

"그건 큰오빠가 받고요."

그러니까 아픈 부모님을 모시고 이 병원 저 병원 왔다 갔다 하는 건 함께 사는 미혼 여자 자식이 다하고, 그나마 받을 수 있는 세금 공제는 대기업 정규직 남자 자식들이 사이좋게 나눠 받는다는 이야기다. 후배야 그냥 그런가 보다 넘어가서 형제들 사이에 큰 문제가 없지만 세상이 각박해지니 부모님 살아생전에는 이런 부양자 공제로, 사후에는 부조금 분배로 형제끼리 싸우는 집도 적지 않단다. 나는 남자 형제가 없어서 성차별적인 일은 겪은 적이 없지만 안타깝고 답답하다.

최저임금에 가까운 월급으로 부모님을 모시고 사는 후배처럼 결혼을 안 한 '여자'라는 이유만으로 집에서는 잘사는 남자 형제들한테서 열외고, 국가에선 '미혼'이라는 이유로 또 열외다. 더 속상한 건 '엄마의 태도'라고. 오빠나 남동생이 병원비라고 얼마씩 챙겨주면 한사코 안 받으려고 하고, 한 번 받으면 그렇게 고맙고 미안해한다는 것이다. 참고 참다 어느 날 남자 형제들이 간 뒤 엄마에게 따져 물었단다.

"엄마는 박봉의 딸이 돈 쓰는 건 안 아깝고 대기업 연봉자 아들 돈은 그렇게 아까워?"

"넌 혼자지만 쟤들은 애가 있잖아."

"내가 늙어서 아플 때 생각은 안 해?"라고 하면 "그러게 누가 혼자 살랬냐?"라는 대답이 나올 게 뻔해 그다음 말은 속으로 삼켰지만, 서운한 마음이 한동안 사라지지 않았다고 했다.

돌봄, 독박 아닌 나눔을!
-비혼 딸은 비민주적 독박 돌봄의 희생자

독박 육아와 독박 부양은 한 사람의 희생과 인내를 강요한다는 점에서는 같지만 둘 사이에는 큰 차이가 있다. 독박 육아는 육아의 대상이 성장할 것이라는 확신과 지금보다 나아질 것이라는 희망이 있다. 그러나 독박 부양은 그 대상의 쇠퇴, 쇠락만 남은 상태에서 지금보다 나빠지지 않기만을 바라다 차라리 빨리 끝났으면 하는 절망과 가책, 분노를 낳는다는 점에서 독박 육아보다 힘들다. 독박 육아에는 있는 미래에 대한 희망이 애초부터 지난하거나 불가능한 상태에서 출발하는 것이다. 희망이 없는 책임과 의무를 전담하는 것만큼 더 절망적인 것은 없다.

한 사회나 국가를 판단하는 지표에는 여러 가지가 있지만, 인간의 시작과 끝인 아이와 노인을 대하는 태도에서 그곳이 살 만한 곳인지가 드러난다고 생각한다. 아이나 노인이 정말로 그 사회와 국가의 초석과 기둥이라면 그 돌봄을 가족의 희생과 개인의 책임으로 전가해서는 안 된다.

부모의 보살핌을 못 받고 버려진 아이는 '고아', 길을 잃은 아이는 미아라고 부른다. 그렇다면 버려진 부모와 길 잃은 부모는 무엇이라고 불러야 할까? 그 '반대말' 없음에 가슴이 아프고, 아픈 만큼 무겁다.

　자식들 먹여 살리느라 변변한 연금보험 하나 넣지 못했던 부모의 '헌신'은 보험도 하나 안 넣어놓은 '무책임'이 되고, 비정규직으로 원룸을 전전하는 미혼의 자식이 독박 돌봄을 힘들어하면 배은망덕, 패륜이 된다. 무자녀, 미혼자라고 국가의 모든 복지정책에서는 배제하면서 부양과 간병의 책임만 가중하는 건 불공정하다.

　누구 하나 도와주는 사람 없이 노부모를 돌보다 보면 조퇴와 결근을 안 할 수가 없는데, 그러다 보면 결국은 비정규직 계약직도 더는 못 하게 되고, 전담 간병으로 심신은 시들고 주머니는 더 가난해지는 악순환을 맞게 된다. 그렇게 독박을 쓰다가 더 가난해지고 늙어 병들면 부모도 보살피기 싫어하는 형제들이 보살필 리 만무하다.

　4차 산업혁명 시대라는데 아직도 노부모의 부양을 가족에게만 떠맡기는 것은 국가뿐 아니라 우리 사회가 여전히 전근대적 사고방식에서 벗어나지 못하고 있다는 방증이다. 물론 가정에서 달라진 점은 있다. '장남, 맏며느리의 돌봄' 우선제가 '미혼(특히 여성)의 돌봄' 독박으로 바뀌었다는 것이다. 허리가 휘도록 일

한 부모 세대는 늙어서 휜 허리 부여잡고도 일용할 양식을 걱정해야 하고, 자식들은 자신의 삶을 미처 건사하지 못한 상태에서 부모 부양까지 짊어지며 빈익빈의 악순환에 빠져든다. 수명은 늘어나는데 경제적 활

(출처/한국여성민우회)

동 시기는 오히려 짧아지는, '수명과 경제력의 반비례 현상'은 가난한 독거노인에 대한 가난한 독거 자식, 그중에서도 미혼 여자 자식의 독박 돌봄을 초래했다.

우리나라 사람들의 경제 순위를 따져보면 대체적으로 기혼녀 〈 미혼녀 〈 미혼남 〈 기혼남 〈 가족 〈 국가 순이 될 것이다. 당연히 경제력이 좋은 순위대로 노부모의 돌봄이 이루어져야 하지만 현실은 그렇지 않다. 미/비혼 딸 〉 기혼 딸 〉 미혼 아들 〉 기혼 남자(또는 기혼 남자의 아내) 〉 사회 〉 국가 순이기 때문이다. 경제력이 열악한 대상에게 부양을 독박하는 구조로, 가난한 비혼의 딸들이 독박 돌봄에 내몰리다 고령의 독거노인이 되어 독거사하는 구조다.

내 맘대로
살 아 볼
용 기

억울하면 결혼하라고? 그럼 나도 이렇게 말할 수밖에. 결혼하고 애 낳아서 기르는 것 힘들지? 그럼 너네도 결혼하지 말고 애도 낳지 마. 가족이란 이름의 이기적 공동체로 사는 게 싫어서 더 결혼하기가 싫어진다.

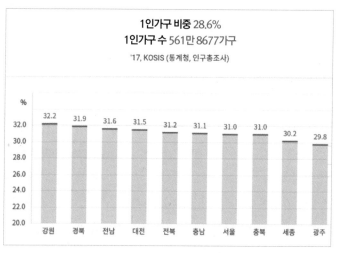

2017년 1인 가구 비중 조사(통계청 자료)

한국 사회는 2017년에 이미 65세 이상 노인 인구가 14%를 넘는 고령사회가 됐고, 7년 안에 20%가 넘는 초고령사회로 진입한다는 예측이 나왔다. 일찍 고령사회가 된 일본보다 빠르고 세계적으로도 유례가 없

(출처/한국여성민우회)

는 증가 추세라고 한다. 1인 노인 가구 역시 늘고 있다.

경제가 어려워지고 개인주의 중심으로 정서가 변화하면서 비혼·미혼 가구 역시 가파르게 증가하는 모양새다. 여기에 이혼, 사별, 분가 등의 이유로 후천적 1인 가구도 늘고 있다. 2019년에는 이런 1인 가구가 '부부+자녀' 가구보다 더 늘어날 것이라는 통계도 나왔으며, 각종 인구·경제 조사 보고서에서 머지않아 많은 세대가 1인 가구가 된다고 예측하고 있다. '1인 가구'와 '병든 고령 가구'가 먼 미래가 아니라 도래한 현실이라는 것이다. 중요한 것은 국가의 태도다.

가족 내의 이런 불평등한 돌봄을 개선하려면 노인 돌봄의 문제를 '가족'에게 전담하는 국가의 인식부터 바뀌어야 한다. 관련

내 맘대로
살 아 볼
용   기

한 법을 시대에 맞게 고치고 시설을 개선·정비하며, 사회 인식을 바꾸어서 어느 한쪽의 희생만을 강요하게 해서는 안 된다.

＊이 글을 쓴 후 통계청이 발표한 2018년 평균 출산율은 0.98이다. '평균치'라는 게 항상 많은 숫자가 적은 숫자를 가리고 있는 걸 감안하면 출산율이 0이라 해도 과언이 아니다.
1970년 통계 작성 후 2017년에 처음 30만 명대로 감소된 데 이어 기록을 재갱신했는데, 이는 세계 최저 출산율이라고 한다. 다인 가족, 세대 중심인 사회복지제도를 앞으로 어떻게 변경해야 할지 깊은 고민과 함께 전면적인 재고를 해봐야 하는 수치다.

가족, 돌봄에 관한 책

사모주 이키코, 「가족이라는 병」(살림, 2015)
"공공기관은 가족이 없는 사람에게 더 매정하다. 그 가족이 어떤 가족일지라도." (108쪽)
"가족 사이에는 산들산들 미풍이 불게 하는 것이 좋다. 상대가 보이지 않을 만큼 지나치게 밀착하거나 너무 멀어져 소원해지면 가족만큼 까다로운 것도 없다." (66쪽)
우에노 치즈코, 「누구나 혼자인 시대의 죽음」(어른의시간, 2016)
"'선택할 수 없는 간병'은 강제노동이다. 강제노동은 강제수용소에만 있지 않다. 가족 내에도 존재한다." (37쪽)
"현실은 언제나 제도보다 앞서기 마련이다." (58쪽)
"과중한 간병 부담을 가족 책임으로 돌리면, 오히려 가족은 위험을 회피하기 위한 행동을 하게 된다고 경고한다. 책임감이 강하기 때문에 오히려 가족을 만들지 않거나 부모를 접촉하기를 피하게 된다는 뜻이다." (253쪽)

국가에 분노할 수 있는 용기

왜곡된 성차별적 인식과 정책을 고발한다!

내 맘대로
살 아 볼
용   기

내 집을 구하려면 '임신 가능 증명서'를!

(44세 이전에 결혼하세요)

지난해 가을, 친구와 강원도로 여행을 갔다가 우연찮게 길가 한쪽에 걸린 현수막을 보게 되었다.

신혼부부에게 주거비용을 지원해드립니다.

신청대상 :

2017년 혼인신고한 **무주택자**로

아내가 **만 44세 이하**이고 중위소득 200% 이하인 가정

(출처/인터넷 발췌)

신혼부부에게 주거비용을 지원해준다고 했으니 주택 지원 정책이 분명한데 내용을 가만 들여다보면 '출산 지원 정책'이다. 현수막의 문장에서 유독 눈에 띄는 것은 '아내가 만 44세 이하'여야 한다는 부분이었다. 심지어 다른 글자보다 좀 더 크고 굵게 표시되어 있었다. 그냥 40대도 아니고 '만 44세 이하'라고 분명하게 표시해놓았다. 가던 발길을 멈추고 다시 본 것은 그 '만 44세 이하' 때문이었다.

아내의 나이가 40대도 아니고 만 44세 이하여야만 하는 근거는 무엇일까 궁금해서 스마트폰으로 관련 기사를 찾았더니 몇 개 눈에 띈다. "저출산 현상을 해결하기 위한 출산 장려책으로, 의학적으로 임신 가능한 평균 나이를 기준으로 삼은 것이다"라는 관계자의 답변이 친절하게 나와 있었다. 만 44세 이상이라도 올해 자녀를 출산했거나 임신을 했으면 지원 대상자가 될 수 있다는 '예외 대상' 설명까지 있었다. "타 시도에서 도내 주소 이전 시 가산 지원이 있다"라는 친절한 부연 설명에는 '원정 출산'을 권하는 모양새라 나도 모르게 실소가 터져 나왔다.

'중위소득 200% 이하'는 부부 합산 소득이 월 '569만 4000원 이하'라는 말이다. 미혼인 데다 만 44세가 넘었으니 현수막의 내용대로라면 나는 결혼을 했어도 탈락 1순위다. 쉽게 말해 아이를 쉽게 쑤-욱 낳아 잘 기를 수 있는 출산 능력과 경제적 능력을 갖추고 있어야 지방자치단체로부터 주택 지원을 받을 수 있다는 내용이다.

여성을 인구 증가용 '출산 기계'로 보는 성 인식이나 정책도 황당하지만, 출산 능력 가부를 여성의 자궁에만 한정한 것도 웃긴다. 출산이 진짜 목적이라면 부부 쌍방의 가임 여부를 증명할 수 있는 산부인과, 비뇨기과 진단서를 같이 제출하라는 것이 차라리 더 솔직하고 정책 목표 달성에도 더 효율적이지 않겠는가?

출산력?-여성에 대한 여전한 성차별적 인식

여성의 가치를 출산 능력과 결혼 여부로 판단하는 기사를 찾아 읽으며 「결혼하지 않아도 괜찮을까」라는 일본 영화가 떠올랐다. 30, 40대 미혼 여성 세 명의 관점으로 미혼자로서의 삶과 결혼관, 직장생활의 고단함, 노후 불안 등을 담백하고 섬세하게 그린 영화다.

셋 중 연장자인 사와코는 프리랜서로 출판사 일을 한다. 우연히 만난 동창과 결혼을 약속하는데, 상견례를 앞둔 어느 날 남자 친구가 집안 어른들의 명이라며 사와코에게 병원에 가서 '가

문의 대'를 이을 수 있다는 '가임 진단서'를 떼어오라고 요구한다. 그녀는 마음속으로 상처를 받았지만, 자신의 나이가 많으니 그럴 수 있다고 이해한다. 남자 친구에게 "그래, 우리 같이 받아보자"라고 제안하지만 남자 친구는 자신에겐 이상이 있을 리 없다며 공동 검사를 거절한다.

사와코는 배려심 없고 자신이 무엇을 잘못했는지조차 모르는 무신경한 사람과 같이 사는 대신 파혼을 선언한다. 그녀는 병든 할머니를 모시고 사는 싱글맘 어머니와 오래 동거하며 그들의 간병과 부양에 마음을 다했지만 가끔은 혼자만의 삶을 꿈꾸기도 했다. 마침 사랑이 찾아왔고 결혼까지 생각했지만, 여전한 남성 위주의 가부장적 결혼 관습에 상처받고 다시 자신의 삶으로 돌아간다는 이야기이다.

신혼부부에게 주택을 지원해주는 조건의 하나로 만 44세 이하의 아내를 내건 지방자치단체나, 결혼의 조건으로 '임신 가능 증명서'를 요구하는 예비 시댁과 남자 친구의 모습

영화 「결혼하지 않아도 괜찮을까」,
(미노리카와 오사무 감독, 2015)

내 맘대로
살 아 볼
용 기

을 그린 영화는 여성을 출산 도구로 인식하는 성차별적 시선을 여실히 보여준다. 그런 관점에서 보자면 결혼은 성인인 두 사람이 사랑하기 때문에 함께 살고자 하는 것이 아니라 출산 능력이 있는 이성애자들이 종족을 보존하기 위한 계약에 다름아니다.

2018년 7~9월에 실시한 한국보건사회연구원(이하 한보연)의 조사 내용은 이런 전근대적인 여성 인식과 구시대적인 출산 장려 정책을 국가기관이 선도하고 있음을 확인시켜준다. 국무총리 산하의 국책 연구기관인 한보연에서 3년마다 한다는 이 조사의 이름은 '전국 출산력 및 가족보건 · 복지 실태조사'이다. 정부의 인구정책, 보건복지정책에 필요한 기초 자료를 얻기 위해 1964년부터 실시해온 것으로 50년이 넘은 전통을 자랑한다. 초기에는 가임기 기혼 가구가 주 대상이었으나 최근엔 미혼 남녀의 결혼과 출산에 대한 가치관, 가임기 여성 관련 통계 조사 비중이 늘었다.

여성을 생식 도구로 인식한 듯한 '출산력'이란 단어도 듣기가 불편했지만, 조사 항목 중 일부 내용은 이 조사가 시작된 1960년대에나 들을 법한 성차별적 표현이라 그 항목을 넣은 연구원들의 성 인식이 어떤지 여실히 느껴진다. 다음 인용문은 2018년도 보고서 내용 중 일부이다.

아내는 자신의 경력을 쌓기보다는 남편이 경력을 쌓을 수 있
도록 도와주는 것이 더 중요하다…. 남편이 할 일은 돈을 버
는 것이고 아내가 할 일은 가정과 가족을 돌보는 것이다.

국책 기관의 보고서에 명시된 내용 그대로 해석하자면, '결혼'
은 남녀의 독립적 생활을 금지하고 남성의 경제활동만으로 가
족을 부양하는 전근대적인 제도이다. 보고서의 항목과 내용이
60년 전과 별반 다르지 않다는 점도 놀랍지만, 이제 '남성'(남편)
의 소득만으로는 가족 생계가 불가능하고 (마음 편한) 전업주부는
상류층에서나 가능한 현실이라는 것을 도외시한 말이라 더 실
소가 나왔다. 보고서가 작성된 초기인 1960~70년대와 현격히
달라진 여성의 사회생활을 간과한 것도 문제지만 '가정과 가족
만 돌보는 것'도 이젠 특정 계급에서만 할 수 있는 특권이라는
것을 전혀 모르는 글자놀음이다.

국가가 성차별적 내용을 글로 명시한 것도 모자라 조사 과정
에서 개인의 사생활 침해나 안전을 위협하는 심각한 일도 많이
일어난다. 지난해 8월 한 여성이 자신의 집 현관문에 붙은 메모
를 찍은 것이라고 SNS에 올린 사진에 많은 사람들이 공분한 이
유도 여기에 있다.

2018년 전국 출산력 및 가족보건·복지실태조사 해당자이십니다. 댁에 아무도 계시지 않아 재방문하고자 합니다.

쪽지에는 집주인이 가임기 여성이라는 의미의 '조사 해당자'라는 말과 함께 출생연도까지 적혀 있었다고 한다. 국가가 혼자 사는 여성의 안전에 신경 쓰고 보호해주지는 못할망정 '출산 정책'에만 급급해서 '이 집에 임신 가능한 여성 혼자 산다'고 떠벌리듯 사생활을 노출하고 범죄를 조장하는 짓을 한 것이다.

보고서에는 '정확한 파악을 위해 조사원이 직접 방문 면접 조사'한다는 항목이 있다. 조사원 방문 시 면접 대상자가 부재중이면 이런 내용의 쪽지를 문에 붙여놓은 경우가 비일비재하다는 이야기다.

어이없는 대한민국 출산지도
-"나(너)는 서울(대구)에 사는 자궁녀입니다"

여성을 출산 도구로만 인식하는 국가기관의 시대착오적인 성 인식을 확인할 수 있는 것이 바로 '출산지도'이다. 박근혜 정부 시절인 2016년 12월에 행정자치부(현 행정안전부)가 공개한 '대한민국 출산지도'에는 가임기 여성이 어디에, 얼마나 거주하고 있는지 시, 군, 구별로 한 명 단위까지 세세하게 공개되어 있다. 저출산과 불임을 여성의 가임 시기와 연계하여 단정 짓는 것도 우습고 화나지만, 지금까지의 출산 관련 조사에서 남성의 생식 능력을 조사한 항목은 왜 없는지 묻고 싶다.

출산이 정말 여성만의 일인가? 저출산은 여성 탓이 아니고 여러 가지 사회·경제·문화적인 요인이 복합적으로 작용해서 나타나는 현상이다. 사회의 여러 변화와 그로 인해 나타나는 비혼이나 무자녀 등을 선택하는 개인의 결정 사항을 단순 조사와 홍보로 바꾸고 회유할 수 있는 것이 아니다.

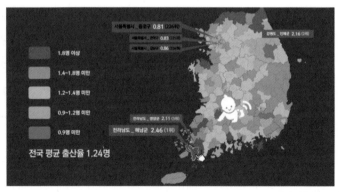

2016년 공개된 대한민국 출산지도(출처/행정자치부)

내 맘대로
살 아 볼
용 기

아직도 우리 사회에서 남자는 일과 가정생활을 안전하고 편하게 양립할 수 있다. 일만 하고 가족, 가정은 여자인 부인이 거의 다 하니까. 그러나 여자는 둘 다 해야 하므로 어느 시점이 되면 일이나 가정 하나만 선택해야 한다. 평화로운 안정적 가족, 가정의 유지는 남자들의 노력보다 몇 배에 해당하는 여자의 노력과 희생 없이는 불가능하다. 맞벌이 부부의 경우 언제나 여자는 남자보다 한두 시간 더 일찍 일어나고 더 많은 집안일을 한다. 남자들이 집안일을 할 때 한결같이 하는 말이 '도와준다'이다. '같이 해야 할 내 일'이 아니라 '네가 할 일을 내가 도와준다'라는 무의식적 생색이다.

환경오염, 식량난, 취업난, 주택난, 비인간적 과열 경쟁의 원인을 '인구 과다'로 보는 나로서는 인구 감소를 꼭 부정적으로 보진 않지만, 미래의 경제를 위해서도 저출산이 그렇게 큰 문제라면 출산 정책과 여성 관련 정책을 좀 더 개방적으로 펴면 된다. 경력 단절 여성 최소화, 육아 독박 없는 사회, 한부모 · 비혼모 차별 없는 사회, 외국인과 이민자 불평등 금지, 난민 수용, 가족 세대 중심의 사회보장제도를 개인 중심으로 바꾸면 된다.

미혼모 자살 권하는 사회

프레시안에서 「미혼모 자살 권하는 사회」라는 제목의 기사를 읽은 적이 있다. 아래는 지난해 봄 국회에서 열린 '싱글맘의 날' 토론회에 청중으로 참석한 한 싱글맘의 사연을 정리한 기사를 재구성한 것이다.

전업주부였던 그녀는 남편의 갑작스런 사망으로 졸지에 33개월, 14개월 된 두 아이의 가장이 됐다. 슬픔에 빠질 겨를도 없이 두 아이와 살아내는 것이 급선무라, 혹시 정부 지원금이라도 받을 수 있는지 이리저리 알아보았다.

한 달에 13만 원 정도 지원을 받을 수 있었지만, 저소득자(월 148만 원 미만)임을 증명해야 수급자가 된단다. 남편이 사업을 하다 진 빚을 갚고 나니 빈손인 데다 그동안 아이들 키우느라 살림만 해서 무소득자인데도 가난하다는 것을 증명하는 것이 어려워 국가나 지방자치단체로부터 지원을 받을 만한 것이 없다.

그런데 입양가족과 위탁가정에게는 각종 지원이 이루어진다는 사실을 알게 됐다. 만약 자식을 입양 보내면 그 입양가족에게는 입양 수수료로 270만 원 외에도 매달 15만 원의 양육 수당과 20만 원의 심리치료비, 의료비 전액이 지원된다.

위탁가정의 경우에도 아동 한 명당 월 67만 원이 지원된다고 한다. 입양가족, 위탁가정에는 소득과 무관하게 지원을 해주며, 보육원의 경우에도 아이 한 명당 월 160만 원을 지원하고 있었다.

출산을 장려하기 위해 여성의 출산 능력까지 조사하는 국가가 이미 태어난 아이에 대해선 입양을 권장하는 결과에 다름없다. 나도 그 기사를 읽고 나서야 우리나라의 보육 정책에 대해 처음 알게 됐다. 현재 우리나라 보육 서비스의 우선순위는 맞벌이 가정, 한부모 가정, 미혼모(부) 가정 순이다. 주택 지원뿐 아니라 보육 서비스도 맞벌이가 1순위라니, 이건 여러 가지로 형평성에 맞지 않는다.

이성애자인 남녀가 결혼식을 한 다음 혼인신고를 하고 자녀를 출산한 가정(만)이 '정상 가족'이라는 정의를 국가가 미리 정해놓고, 그 정상 가족이 사회와 국가의 우선적 보호 대상이라는 차별적이고 불평등한 전근대적 사고방식을 제도를 통해 실토하는 꼴이다.

'너와 네 자식이 헤어지지 않고 같이 살려면 꼭 법적 혼인신고를 한 다음 아이를 낳아 맞벌이 경제활동을 해야 한다'라고 규정해놓은 것이다. 자의적 · 타의적 결정으로 미혼 · 비혼을 선택한 싱글, 사랑하지만 개인 철학과 사정으로 법적 혼인신고는 하지 않고 사는 사실혼 관계의 부부, 사랑해서 아이를 낳았지만 한쪽 부모의 죽음과 이혼 등으로 부모가 같이 살지 않는 한부모 가정, 혼인 신고를 못(안) 한 상태에서 낳은 아이는 이 사회의 제대로 된 구성원이 아니라는 겁박 같다.

저소득자의 무주택 지원 우선순위도 일반적 상식이나 인도적 차원에서 1순위가 되어야 할 노인을 제치고 신혼부부이다. 죽어가는 노인보다는 새 생명 탄생에 이바지할 신혼부부가 국가의 인구정책, 미래 노동력과 세수 충당 차원에서도 남는 투자이긴 할 것이다.

도심형 공공 임대주택 중 하나인 '행복주택'의 배정 비율을 보자. 결혼한 젊은 계층에 80%, 노인 계층에 10%, 취약 계층에 10%로 얼핏 봐도 결혼과 출산 장려정책에 다름아니다. 없는 사람이 까다로운 대출 조건과 고리의 이자를 최소화하면서 마음 편히 살 집 한 칸 마련하려면 당장 돌아서서 이혼하더라도 일단 40세 전에는 결혼을 하라는 정책이다. 이러다 대리모가 동원된 위장 결혼과 위장 출산, 불법 입양과 경제적 목적의 출산 같은 출산 범법 행위가 양산될지도 모르겠다.

그러고 보면 우리 사회는 국가가 '행복'을 정형화시켜놓은 듯하다. 대학을 졸업한 남자가 취업 후 몇 년 안에, 출산 능력이 왕성하며 전업주부가 가능한 현모양처형 여성과 결혼해서 3, 4인

내 맘대로
살 아 볼
용   기

가정을 이루어야 '행복주택'에 살 수 있는 '행복 가정'이라는 정의. 그런데 그 행복주택에 입주한 신혼부부가, 입주하자마자 이혼하면 어떻게 될까? 행복주택에서 나와야 하나? 아무래도 행복주택의 입주 조건에 단서 하나가 더 붙을지도 모르겠다.

'입주 후 5년 이내 무출산 이혼하면

계약 해지 및 가산 이자금 추가.'

이 글 서두에 아내가 44세 미만인 신혼부부에게 주택을 지원해주겠다고 현수막을 내건 지방자치단체에 대해 얘기했는데, 다른 한 광역자치단체의 저출산 대책은 더 황당했다.

출산 대책 회의 중에 도청 국장이 '대학생 결혼시키기'를 방안으로 내놓았단다. 일종의 '조혼(早婚)' 정책으로 "젊었을 때 결혼하면 직장도 빨리 잡고 애도 빨리 낳으니까…" 하면서 학교 간 만남의 행사도 열고, 결혼하는 학생에겐 취업도 1순위로 도와주자고 했단다. 다행히 회의에 참석한 사람들은 정신 줄을 놓지 않았던지 시대 흐름과 맞지 않는다는 썰렁한 반응을 보여서 채택은 되지 않았다고 한다.

결혼과 미혼에 관한 고민을 다룬 영화

「결혼하지 않아도 괜찮을까」(미노리카와 오사무 감독, 2012)

「B급 며느리」(선호빈 감독, 2018)

"저기 구경하고 가라. 통영 좋지?"

동쪽 벼랑 끝 그들에게도

역전 한 번은 있어라!

내 맘대로
살아 볼
용 기

영화 속 그 장면으로 시간여행을

강호동과 이승기가 주요 출연진으로 특히 인기를 끌었던 KBS 2TV의 「해피선데이-1박 2일」(이하 「1박 2일」)은 한때 시골의 동네 골목길과 시장 떡볶이집도 국민 관광지로 만드는 위력을 자랑했다. 조용한 집과 마을도 한순간 시끄러운 구경거리가 되었기에 각 지방자치단체의 관광 부서에서는 자신의 지역을 「1박 2일」 촬영지로 제공하기 위한 물밑 경쟁이 뜨거웠다고 전한다.

드라마 속 배경지로 잠시 이목을 끌었던 통영 동피랑의 벽화마을이 국민 관광지로 급부상한 것도 그 프로그램 때문이었던 것으로 기억한다. 미청년 이승기가 천사 날개가 그려진 벽화 앞에서 카메라를 향해 찡끗 웃고 돌아서기 무섭게 벽화마을의 '날개 벽화'는 날개 돋친 듯 팔렸고, 너무 많은 사람들이 찾아오며 여러 가지 부작용이 속출하자 결국 날개를 지워버릴 정도로 프로그램의 파급력은 어마어마했다.

내가 통영에 가고 싶었던 것은 이승기 때문에 유명해진 날개 벽화보다 '긴 칼 옆에 차고 수로에 홀로 앉은' 이순신 장군 때문이었다. 더 정확하게는 홍상수 감독의 영화 「하하하」에 나오는 이순신 장군의 웃기면서도 폐부를 치르는 대사 때문이었다.

홍상수 감독의 전매특허 남(男)인 지질한 영화감독 문경(김상경

분)은 엄마(윤여정 분)가 사는 통영에 내려와 낮술이나 퍼마시며 빈둥거린다. 그러던 어느 날 성웅 이순신의 덕후이자 문화해설가 성옥(문소리 분)에게 반해 잠 한 번 자는 소원성취 후 같이 이민 가자는 진상을 부리지만 일이 쉽지 않다. 이것저것 되는 일이 없어 낙담한 문경이 어느 공원 벤치에 앉아 못난 자기연민에 빠져 있는데 느닷없이 이순신 장군이 나타나 주옥같은 말씀을 쏟아내신다.

"머릿속 남의 생각으로 보지 말고 네 눈을 믿고 네 눈으로 보아라."
"어둡고 슬픈 것을 조심해라. 그 속에 가장 나쁜 것이 있다."
"나는 좋은 생각만 하고 좋은 것만 본다."
"똑똑하구먼. 그런데 비겁해서 똑똑하게 못 사는 거야."*

이순신 장군은 문경의 비겁함과 지질함을 시크하게 지적한 후 마지막으로 이렇게 말한다.

* 「하하하」(홍상수 감독, 2010)

내 맘대로
살아볼
용기

"저기 구경하고 가라. 통영 좋지?"

그 영화를 볼 당시 나는 어둡고 슬픈 생각으로 가득하고, 내 눈으로 본 것이나 내 마음으로 느낀 것도 외면하고 사는 비겁한 나 자신을 한껏 자조하며 살 때였다. 그러니 나라 안팎에 널린 적들의 모함과 전쟁의 상흔에 심신을 탈탈 털린 후 물러서지도 나아가지도 못한 장군이 현대의 통영 밤바다에 나타나 툭툭 내뱉는 영화 속 대사들이 가슴에 팍 꽂혔다. 나는 이순신 장군의 "저기 구경하고 가라"는 말에 홀려 통영으로 갔다.

「하하하」는 두 남자가 여름에 통영에 갔던 각각의 이야기들을 주고받는 내용으로, 나는 여름에 그 영화를 보고 겨울에 두 여자와 함께 통영으로 내려갔다.

영화 「하하하」의 배경이던 나폴리 모텔과 통영 바다.

전국구 기호 1번, 동피랑 벽화

'통영'은 이순신 장군이 '통제영'을 이곳에 설치한 데서 유래한 이름이다. 통제영은 임진왜란 때 전라, 경상, 충청 3도를 담당하기 위해 비상 직책으로 신설한 수군통제사가 설치한 군영이다. 이곳 동쪽에 있던 높은 망루가 '동포루'로, 이 부근은 오랫동안 지역민들의 터전이 되었다.

전쟁의 상흔과 세월의 흐름 속에 동포루는 가뭇 사라지고 낡고 가난한 집들만 남았다. 통영시는 좁고 비탈진 골목을 끼고 서 있는 남루한 집들을 철거한 다음 그 자리에 동포루를 복원하고 공원을 조성할 계획을 세웠다. 이에 주민들과 시민 단체들이 일률적인 재개발 정책에 반대하며, 공공미술로 지역 환경을 변화시키자며 '벽화 그리기'를 제시했다. 벽화 그리기는 사라질 뻔했던 어두운 골목에 명랑함을 전파하고 많은 관광객들의 사랑을 받는 명소로 만들었다.

과거의 벽화가 부족과 당대 권력층의 제의 및 주술, 종교적 기원을 담거나 소수에 국한한 특수 예술 활동이었다면 근래 한국의 벽화 그리기는 서민들의 남루한 삶을 위로하고 가꾸려는 공생적 차원의 국가 공공사업으로 자리 잡았다. 특히 한일 월드

컵 이후 공공미술을 통해 낙후되고 침체된 빈민가를 밝고 아름다운 골목과 마을로 만들고 주민들의 문화 소양도 높이자는 '도시 속 예술'로서 진행하는 도시 재생 기획이 많아졌다.

벽화 관광지 중 전국구 1번으로 꼽기에 무리 없는 동피랑은 통영시 몇 개 동을 아우르는 언덕 위 마을을 지칭한다. '피랑'은 '벼랑'의 경상도 사투리다. 그러니까 동피랑은 동쪽 벼랑이라는 뜻인데, 가파르고 구불구불한 좁은 골목길을 따라 마을 끝까지 여러 테마와 캐릭터들의 벽화가 가득하다. 이 중에 내가 가장 좋아했던 벽화는 동피랑 입구에 있는, 이 마을에서 가장 긴 벽에 그려진 「동피랑 역전」이라는 그림과 좁은 골목에서 문득 마주친, 작고 단출한 새시 대문에 아주 단순하게 그려진 홍게 그림이다.

두 벽화는 그림 자체로만 놓고 보면 이 동네 벽화 중 최고작이라고는 할 수 없다. 그러나 그림이 주는 의미가 남다르게 다가왔다.

통영 동피랑 벽화마을에 그려진 「동피랑 역전」.

동피랑 역전

-이순신 장군이 마련해준 땅과 바다에서

그들의 삶은 '역전' 한번 했을까?

'역전'이란 열심히 살아도 늘 지고 엎어져서 지지리 되는 일

하나 없던 사람이 어느 날 갑자기 예기치 않은 일로 한순간에

인생이 바뀔 때 비로소 쓸 수 있는 그런 말이 아닌가? 한 마디로

'로또' 맞은 인생이다.

긴 벽 위로 철거 대상이었던 동피랑 주민들의 역사가 파노라마처럼 펼쳐지는데 동네 골목 초입이라는 위치성과 어우러져 '동피랑 역전'은 사뭇 의미심장하게 다가왔다. 야구게임을 하는 그림인데 그들이 던지고 주고받는 것은 공, 글러브, 방망이가 아닌 '생선'이고 응원단이나 관객처럼 그려진 대상도 해초들이다. 배경도 땅이 아닌 '바다와 파도'다.

작가의 기원인지 동피랑 주민들의 욕망이 대리 표현된 것인지는 모르겠지만 '우리도' 인생 역전 한번 해보자는 염원이 벽화 속에 드러나 있다. 이순신 장군이 마련해준 땅과 바다에서 그들의 삶은 '역전' 한번 했을까?

9회 말 주자 만루 투아웃 투 쓰리 풀카운트/ 나에게 주어진 마지막 기회가 온 거야

오늘을 기다렸어. 지금이 바로 그때/ 모두 다 일어나 외쳐라. 달빛요정 역전만루홈런~*

문득 이곳을 전국적인 명소로 만든 「1박 2일」의 한 장면이 생

*달빛요정 역전만루홈런, 『Infield Fly』(아름다운 동행, 2004).

각났다. 그 프로에서는 '복불복' 게임이라는 것이 유명했다. 복불복은 제비뽑기처럼 순전히 운수나 재수로 위기를 모면하거나 위기에 빠지는 것이다. 맛있는 음식을 먹게 되거나 쓰고 이상한 음식을 먹는 것, 편안한 실내에서 잠을 자거나 불편한 마당에서 자는 것 등이 다 복불복으로 정해졌다. 역전이 로또 1등 당첨이라면 복불복에서 이기는 건 1만 원짜리 즉석복권에 당첨된 것쯤 되겠다. 이 둘은 성실이나 노력과는 무관한, 어쩌다 내게 떨어진 운이나 덤 같은 것이다. 선택받은 인생으로 태어나 무난한 삶만 살아온 사람들에게는 역전이나 복불복 같은 것은 필요 없겠지만 가진 건 제 땀과 몸밖에 없는데 죽어라 노력해도 늘 배반만 당하는 사람들에게 한 번쯤은 그런 인생 역전, 운 좋은 복불복이 갔으면 좋겠다.

볼거리, 먹을거리 가득한 통영의 이모저모

노력이 배반당한 사람들의 인생 역전을 기원하며 좁고 구불구불한 골목을 오르다 보면 낯익은 대문 하나가 다가온다. 동피랑 골목에서 두 번째로 인상 깊었던 홍게 그림의 벽화는 「하하하」에서 시인 정호(김강우 분)가 살던 집이다. 문화해설가이자 아마추어 시인인 성옥은 정호와 썸을 타는 관계로, 성옥이 그를 더 좋아하는 설정으로 기억한다. 남자의 생일에 여자는 흠모하는 마음을 담아 빨간 꽃이 심어진 작은 화분을 들고 남자의 집을 방문한다. 정호는 "고맙다"라거나 당신이 "싫다"라는 말 대신 짜증을 내면서 일장 훈계를 한다.

> "뭘 잘해줘요. 그냥 좋아하면 좋아하는 거지. 뭘 할라 그래
> 꼭! 이 빨간 꽃이 뭔지는 알아요? 모르잖아요? 근데 왜 이걸
> 남한테 선물하는 이상한 짓을 하냐고요?"*

상황에 안 맞게 화를 내는 정호나 뭔가 억울한데 아무 말도 못 하고 고개를 숙이고 뚱해 있는 성옥의 모습이 너무 웃겨서 본 지 한참 세월이 흐른 지금까지 기억에 또렷하다.

정호가 살던 집 외면은 벽과 대문 폭을 다 합친 것이 일반 가정집의 대문보다 작다. 새시로 된 대문은 날씬한 정호나 머리를 숙이고 들어갈 수 있을 정도라 갑옷 입은 이순신 장군은 몸이 반쯤 들어가다 끼어서 그의 신세처럼 나아가지도 물러서지도 못 하는 상황이 됐을 게다.

* 「하하하」(홍상수 감독, 2016)

영화 「하하하」의 배경이 되었던 작은 새시 대문 옆 홍게 그림.

작은 새시 대문을 둘러싼 벽에 홍게 한 마리가 벽을 타고 오르는 모양이 그려져 있다. 작가의 심플한 주제의식이라기보다는 화려한 설정이나 많은 대상이 도저히 안 어울리는 좁은 면적 때문이라고 혼자 짐작해본다.

고흐의 꽃 그림과 드라마 배경으로 많이 나왔던 그림들을 지나 동네 끝까지 올라갔다가 내려오면서 꿀빵과 충무김밥을 사 먹었다. 단것을 싫어하는 내게 꿀빵은 별로였지만 충무김밥은 맛있었다. 충무김밥의 유래가 몇 가지 있던데 그중 한 가지를 소개하면 이런 것이다.

내 맘대로
살 아 볼
용   기

어부 남편이 고기를 잡느라 끼니를 자주 놓치고 술로 연명하는 것을 안타깝게 여긴 아내가 빨리, 간편하게 먹으라고 김밥 도시락을 싸 주었단다. 그런데 날이 더워지면서 여러 음식을 한꺼번에 넣은 김밥이 금방 쉬는지라 남편은 밥을 못 먹는 날이 많아졌다. 다시 곰곰 고민한 아내가 밥과 삭힌 꼴뚜기, 무김치 등을 따로 싼 '따로 김밥'을 마련해주니 쉽게 상하지도 않고 맛도 좋아 다른 어부들의 아내들도 그것으로 도시락을 싸주면서 오늘날의 충무김밥이 된 것이라고.

현모양처가 만든 도시락이 충무의 대표 먹거리로 전 국민에게 사랑받고 관광산업에도 크게 이바지한 것인데, 오늘날 시각으로 보면 또 다른 해석도 나오겠다. '여성을 밥상머리의 노동자로 전담(혹은 희생)시키는 집밥에 대한 환상을 담은 가부장적 해석이다'라는.

영화 「하하하」에서는 "아는 만큼 더 보이고 아는 만큼 더 좋아진다"와 "나는 모르고 보니까 더 좋던데"라는 말이 같이 나온다. 양쪽 다 맞는 말이지만 알면서도 순수하게 감동하고 좋아하긴 힘든 측면은 확실히 있다.

조각보 같은 마을, 명랑한 벽화

어떤 이가 통영을 '예쁜 공원' 같은 항구라고 한 말에 고개가 끄덕여졌다. 도보로 한 시간 정도면 항구와 동네 곳곳을 대충은 다 둘러볼 수 있을 만큼 아담한 공간이 아기자기 올망졸망 모인 형태다. 남망산 조각공원에 올라 마을을 내려다보면 마을이 한 편의 콜라주 같다. 색색의 조각보들을 모으고 이어붙여 만든 예쁜 보자기나 밥상보를 펼쳐놓은 것 같다.

오래된 골목과 낡은 집들이 밝은 채색과 명랑함을 얻은 대신 그곳에 사는 사람들은 사생활 반납이라는 고초를 겪고 있다. 범죄 영화의 배경지에서 송중기와 문채원이 나오는 반짝거리는 드라마 「세상 어디에도 없는 착한 남자」의 배경지가 되었지만 그들의 주거지는 관광객들의 인증 사진용 액세서리로 재능 기부처가 된 셈이다.

일회용 낭만에 취한 관광객들이 자신들의 집을 배경 삼아 카메라 플래시를 터뜨리지만 일요일 한낮임에도 골목길이나 집 안 어디에서도 작은 인기척 하나 없이 조용하다. 마치 관광객들이 돌아다니는 시간에는 활동을 금지하기로 반상회라도 연 것 같다. 어쩌면 오지도 않을 인생 역전을 기다리는 대신 자신들의 몸과 땀을 믿으며 생선을 팔고 회를 치거나 충무김밥을 말러 시장으로 갔을지도 모르겠다.

계획하고 간 것은 아니지만 여행 중 어쩌다 보니 이런저런 벽화마을을 구경하게 됐다. 미리 생각하고 간 곳도 있고 다른 목적으로 간 여행지 안에 우연히 벽화마을이 속한 곳도 있었다. 처음엔 아파트 숲에선 볼 수 없는 이색진 벽화들을 몇 군데 보게 되면서 마을마다 분위기나 차이점, 전망 같은 것이 눈에 들어왔다.

벽화마을의 공통점은 그 원형이 낙후된 골목과 가난한 빈민가로 도시 속 소외된 변방 같은 곳이다. 어둡고 우울한 벽에 그림을 그리면서 골목과 마을은 명랑해졌지만 모든 벽화마을들이 다 긍정적인 면만 있는 것은 아니었다. 앞에서 열거한 것처럼 소음과 사생활 침해에 시달리는 일이 발생했고 정기적으로 보수 작업이 안 되는 곳은 물감이 벗겨지고 흘러서 오히려 흉물스러워진 곳도 있었다.

제주도의 올레길이 빅히트를 치면서 전국 각지에서 멀쩡한 숲을 허물고 파헤쳐 이상한 둘레길을 만든 예가 무

한산도의 이순신 사당인 제승당 마당 은행나무.

수히 많은 것처럼 벽화마을 또한 일종의 유행에 편승해 '벽에 그림만 그리면 된다'는 안일한 생각으로 급조한 곳도 심심찮게 눈에 띄었다. 벽화마을이 문화로 자리 잡으려면 주민들의 자발적 의사와 적극적 참여가 가장 중요해 보였고 그다음이 주민과 지역사회, 관의 상호 협력이 잘되어야 애초의 의도가 잘 유지되는 것 같았다. 관 주도의 일시적이고 급조된 기획으로 개성도, 의미도 없는 그림 몇 점 그려놓는 것으로는 얼마 가지 않아 오히려 마을을 더 흉물스럽게 하는 데 일조할 뿐이다.

군인과 시인의 시비가 함께 있는 곳

통영은 이름뿐 아니라 이순신과 떼어놓고는 생각할 수 없는 곳이다. 강구안과 중앙시장 인근이 훤히 보이는 남망산 조각공원에는 칼 찬 이순신 장군의 동상과 청마 유치환의 시비가 같이 있다. 군인과 시인이 통영의 안전과 예술을 지키는 셈이다.

정치 잡배들의 모함을 받아 변방을 떠돌고 옥고를 치렀던 이순신이 임진왜란이라는 국난을 맞아 울며 겨자 먹기로 경상, 전라, 충청 3도를 책임지는 삼도수군통제사가 되어 해전사에 길이 남을 명전을 치른 것은 우리나라 사람이면 웬만해선 다 알 것이다. 군사 쿠데타로 집권해 긴 목숨 연명하며 수많은 국민을 죽인 박 장군, 전 장군과 달리 "내 죽음을 적에게 알리지 마라"며 목숨으로 백성과 나라를 지킨 이순신 장군은 만백성이 이의 없이 좋아하고 존경하는 인물이다.

그래서인지 여행을 하다 보면 어느 지역에서고 '이순신'이라는 이름이 발견되지 않는 곳이 없었다. 삼도수군통제사였으니 그 지역에서 장군의 이름이 발견되는 것은 그렇다 쳐도 제주도에서도 장군의 이름을 발견하고선 깜짝 놀랐다. 아마 통일이 되면 북한 몇 곳에서도 장군이 젊은 시절 '지나간 곳' 몇 곳을 볼 수 있지 싶은데, 이순신 장군이 없었다면 이 나라는 정말 망했구나 싶은 생각이 절로 듦과 동시에 장군의 피로와 고독감 또한 깊이 느껴져 숙연해졌다.

🏮 '통영'이 배경인 영화와 글

1. 영화

「하하하」(홍상수 감독, 2010)

2. 글

백석, 「통영」, 『정본 백석 시집』(문학동네, 2007)

김훈, 『칼의 노래』(문학동네, 2012)

박경리, 『김약국의 딸들』(나남, 2002)

뒷모습이 말하는 것들

상처는 보이지 않는 곳에 있다

발뒤꿈치 같은 곳…

내 멋대로
살 아 볼
용   기

뒤통수, 어깨, 발뒤꿈치…
산을 오르며 비로소 보게 되는 것들

내 걸음으로 집 앞산의 정상까지 올라갔다 내려오면 4시간 가까이 걸린다. 나는 주로 1시간 남짓만 산을 오르내린다. 처음 몇 번은 끝까지 올라갔다가 돌아온 적도 있지만 힘도 들고 시간 도 많이 걸린 데다, 어느 순간 '끝'이니 '완주'니 하는 것들이 심 드렁해졌다. 산에 와서도 목표를 정하고 마침표를 찍어야 직성 이 풀리는가 싶었다. 끝까지 오르는 것보다 다음에 올라갈 장소 를 조금씩 남겨두는 재미가 더 좋았다.

저기 앞쪽으로 며칠 전 봤던 사내가 힘들게 올라가고 있다. 뒷모습만 보고도 며칠 전 그 사내임을 안 것은 나보다 더 힘들 게 산을 올라가는 남자는 처음 본 데다 온몸에서 풍기는 특유 의 무기력한 기운 때문이었다. 꺾인 나뭇가지처럼 아래로 축 처 진 양 어깨, 곧 땅에 닿을 것 같은 무거운 두 팔, 사형장에 끌려 온 듯 마지못한 발걸음…. 뒤에서 걷는 나까지 기운이 다 빠졌 다. 그날 사내는 반쯤 오르다 온 길을 한 번 뒤돌아보더니 고개 를 푹 숙이고 왔던 길로 내려갔다.

며칠 만에 본 무기력한 사내를 앞지르지 않으려고 나는 평소

보다 더 많이, 자주 쉬었다. 그보다 빨리 그를 앞질러서 갈 수도 있었지만, 왠지 그래서는 안 될 것 같았다. 무엇이 그를 이토록 무기력에 젖게 했을까? 산 아래에서 어지간한 상처와 좌절을 겪었나 보다. 내가 오지 않은 며칠 동안 계속 왔던 건지 오늘은 좀 더 잘 올라간다. 며칠 동안 기운을 좀 차렸나 싶어 괜히 마음이 놓이면서 속으로 조용한 응원을 보냈다.

'그래, 당신은 며칠 전보다 오늘은 더 많이 올라왔군요. 그렇게 천천히 조금씩 걷다 보면 며칠 뒤엔 오늘보다 조금 더 걸을 기운이나 내력이 생길 수도 있답니다.'

발뒤꿈치, 일부러 보지 않으면 보기 힘든 곳

산을 올라가는 사람들은 앞서 오르는 이들의 발뒤꿈치를 보며 그놈의 '정상'이 이제나 나타나나, 저제나 나타나나 꼽는다. 숨이 차는 것과 비례해 발뒤꿈치는 점점 무거워진다. 산이 아니라면 사람의 몸에서 가장 보기 힘든 게 발뒤꿈치 아닐까? 몸의 가장 아래쪽이면서 뒤에 있어 일부러 보지 않으면 보기 힘든 곳.

일전에 막 읽은 성경에 '발뒤꿈치'와 관계된 재미있는 이야기가 있었다. 근친 교차혼과 대가족, 대자손으로 복잡하게 얽힌 성경 속 아담과 이브의 후대 족보사는 목사님과 신부님들도 다 모르지 싶은데, '야곱'은 와중에도 기억에 남은 캐릭터다. 이삭이 마흔에 리브가와 결혼하고 예순에 얻은 늦둥이 쌍둥이 중 한 명이 야곱이고 또 한 명이 에서다. 태중에서부터 둘은 선착순 자리싸움을 했다는데, 야곱이 에서의 발목을 붙잡고 늘어졌으나 에서가 '간발'의 차이로 세상에 먼저 도착해 형이 되었다고. 야곱은 '발목을 잡은 놈, 뒤에 있는 놈, 밀어젖히다, 속여 넘기다'라는 뜻이란다. 한자로 '아주 작은 차이'라는 간발(間髮) 외에 '여러 사람 가운데 골라 뽑는다'는 간발(簡拔)도 있으니, 에서가 여러 정자(精子)들 사이에서 우선으로 뽑힌 셈이다.

야곱은 눈먼 아버지에게
자신을 형 에서라고 속여
한 번밖에 할 수 없는
'장자의 축복'을 받아낸다.

호페르트 플링크, 「야곱의 축복」(1638년, 암스테르담 국민미술관)

내 맘대로
살 아 볼
용 기

성서를 보면 장자 우선권은 동양, 특히 유교권 국가들만의 일은 아니었다. 장자는 집안 대소사의 주도권뿐 아니라 유산 분배 때는 두 배 보장권, 영적 축복 계승권 등 막대한 권력을 보장받았다. 장남의 이런 우월적 권리는 생계 책임의 의무를 지는 대가로 받는데 경제력을 앞세운 '가부장제'의 시초가 발견되는 대목이다. 동생 야곱은 야생적이나 우매한 형 에서가 집 밖을 떠돌 때 치밀하고 영악한 집돌이가 되어 호시탐탐 후계자 계승을 노렸다. 어리석은 형을 속여 팥죽 한 그릇과 어머니의 편애성 지원으로 장자권을 획득한 야곱은 눈먼 아버지를 속여 '교환 반품 불가'인 영적 축복 계승권까지 얻어낸다.

야망은 있으나 졸보인 야곱은 형의 보복이 두려워 외가로 도피했고 20년의 세월이 지나고서야 하느님의 용서를 받는다. 본가로 오던 중 하느님의 사자와 벌인 싸움에서 이겼고 그 상으로 번영의 땅과 삶을 보장받는다. 야곱은 하느님의 사자와 싸워 이긴 일로 '하느님과 겨루어서 이긴 놈, 하느님과 싸운 놈'이라 회자됐고 오늘날 호명되는 '이스라엘'은 그런 뜻이란다. '발뒤꿈치를 잡은' 후레자식에서 '하느님도 인정한 놈'으로 인생 역전한 것. 야곱은 도피 생활 중에도 자식 농사는 게을리하지 않아 모두 12명의 아들을 낳았는데 이들이 오늘날 유태인의 시조가 되었다.

에서는 어떻게 됐냐고? 동생과의 투쟁에서 진 에서는 '승자와 한 땅에서 공존하지 못한다'는 원칙에 따라 먼 곳으로 떠났다. 두 형제의 이야기는 모든 경쟁은 가까운 곳에서부터 시작되며 그중에서도 핏줄 싸움이 원조라는 사실을 확인시킨다. 패자는 승자의 안정과 번영을 위해 떠나야 한다는 적자생존, 태중에서부터 '먼저 도착하는 자'가 살아남는다는 약육강식의 시초를 창세기로 다시 배운다.

내려가는 자만이 아는 여유의 맛

표정이 보이지 않는 뒷모습은 모든 것이 다 보이는 앞모습보다 묘한 연민을 일으키는데, 그중에서 바삐 가는 신발코가 '남의 발목을 잡으러 가는' 모습 같다면 힘 빠진 발뒤꿈치는 '잡힌 발목, 내 발등 내가 찍은' 모습 같다. 그런 발뒤꿈치를 보며 산 중턱에 올랐다.

스트레칭을 잠깐 하고 너른 바위나 숲속 벤치를 골라 등산한 시간만큼 쉰다. 팔을 괴고 눈을 감고 있으면 숲이 내는 소리에 출처 없던 마음들이 내려앉는다. 산 밑에서는 그렇게 애를 써도 내려놓기 힘든 마음들이 숲에서는 스르르 내려간다. 마음을 내려놓은 자리엔 숲의 소리가 담긴다. 작은 나뭇잎들이 손을 부비며 사각거리고 키 큰 나무들이 머리를 흔들며 휘리릭거린다. 나무와 나무 사이로 바람이 서걱거리며 지나가고, 햇빛이 이리저리 옮겨 다니다 내 얼굴 위로도 지나간다. 이 평화를 담아서 산아래로 내려갈 수 있다면 매일매일 아주 큰 배낭을 기꺼이 메고 올 텐데.

산을 '오르는' 것을 산에 '들어간다'라고 하고 산 밑으로 '내려가는' 것을 세상 속으로 '나간다'라고도 한다. 고된 등산 뒤의 하산은 가볍기도 하지만 넓은 세상의 좁은 문 속으로 다시 '들어가는' 심정이 되기도 한다. 태어나는 것을 이 세상으로 '나온다'고 하고 죽는 것을 저세상으로 '들어간다, 돌아간다'고 표현하기도 한다. 그런데 이런 모든 말, 관점은 세상에 '나와' 있는 인간의 관점에서 보고 말하는 것은 아닐까? 먹이가 부족해서 산 아래로 내려오는 멧돼지는 세상 밖으로 '나가는' 것일까, 세상 속으로 '들어가는' 것일까?

산을 올라가는 사람의 숨은 불규칙적이고 발걸음은 무겁다. 내려오는 사람의 숨은 고르고 발은 가볍다. 내려올 것을 알기에 올라가는 길이 덜 힘들 것이다. 올라갈 때는 나보다 앞선 사람의 발뒤꿈치만 보고 헉헉대며 따라가기 바쁘지만 내려올 때는 올라오는 사람을 마주 볼 여유가 생긴다. 내려가는 자의 여유가 오르는 자의 조급함보다 넉넉하기 때문이다. 산에서 내려올 때처럼 삶에서도 힘들면 중간중간 숨도 돌리고 쉬기도 하는 등 여유를 부렸으면 좋겠다.

집으로 돌아와 샤워를 한 다음 맥주 한 캔과 커피 한 잔을 마신 뒤 책을 펼쳤다.

상처는 보이지 않는 곳에 있다.
발뒤꿈치 같은 곳…*

걷는 행위와 상처의 상관관계를 고찰한 글

김영민, 『공부론』(샘터, 2010) 외 여러 책
로베르트 발저, 『산책자』(한겨레출판, 2017)
루소, 『고독한 산책자의 몽상』(한길사. 2007)
리베카 솔닛, 『걷기의 인문학』(반비, 2017)

* 김영민, 『보행』(철학과현실사, 2001)

내 맘대로
살 아 볼
용 기

표정이 보이지 않는 뒷모습은

모든 것이 다 보이는 앞모습보다

묘한 연민을 불러일으킨다.

제발
내 인생에
관심 좀
꺼주시죠!